LEUR MARIÉE INSOLENTE

LA SÉRIE DU MÉNAGE BRIDGEWATER - 8

VANESSA VALE

Copyright © 2020 par Vanessa Vale

Ceci est une œuvre de fiction. Les noms, les personnages, les lieux et les événements sont les produits de l'imagination de l'auteur et utilisés de manière fictive. Toute ressemblance avec des personnes réelles, vivantes ou décédées, entreprises, sociétés, événements ou lieux ne serait qu'une pure coïncidence.

Tous droits réservés.

Aucune partie de ce livre ne peut être reproduite sous quelque forme ou par quelque moyen électronique ou mécanique que ce soit, y compris les systèmes de stockage et de recherche d'information, sans l'autorisation écrite de l'auteur, sauf pour l'utilisation de citations brèves dans une critique du livre.

Conception de la couverture : Bridger Media

Création graphique : Fotolia, deberarr; Hot Damn Stock

OBTENEZ UN LIVRE GRATUIT !

Abonnez-vous à ma liste de diffusion pour être le premier à connaître les nouveautés, les livres gratuits, les promotions et autres informations de l'auteur.

livresromance.com

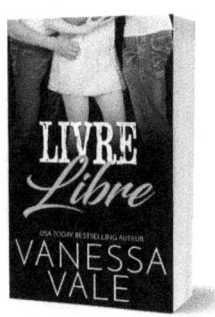

PROLOGUE

 BIGAIL

« Je vais la tuer maintenant—» Paul Grimsby arma son pistolet, un bruit qui me fit sursauter. « —ou tu peux la sauver. A toi de décider. »

Il avait le regard d'un homme avec qui on ne badine pas. Grand et sec, on aurait cru qu'on l'avait étiré sur un instrument de torture du Moyen-Âge. Ses cheveux bouclés étaient enduits de gomina et la coupe de son costume était à la dernière mode. Mais il n'avait rien d'un gentleman. Surtout alors qu'il pointait une arme en direction de mon amie.

Je regardai par-dessus mon épaule, vers l'un des sbires de Mr Grimsby, gros et stupide, qui bloquait la seule issue de la pièce.

« Que... que me voulez-vous exactement ? »

La peur avait rendu ma voix perçante. De la sueur glissait entre mes seins. Je me frottai nerveusement les mains et mes genoux tremblaient littéralement. On ne m'avait pas invitée en la demeure de Mr Grimsby, l'homme m'y avait *accompagnée*, ainsi qu'un autre de ses laquais qui avait disparu quelque part dans la grande bâtisse. Le pensionnat que je fréquentais à Butte n'était qu'à quelques rues, mais le trajet m'avait paru interminable. J'avais passé la matinée à trouver un moyen de leur échapper ; nous descendions une rue passante. Crier qu'on m'enlevait était en tête de liste. Mais les deux hommes de main avaient été très clairs si j'esquissais le moindre geste vers quiconque dans la rue, ma camarade de classe Tennessee Bennett mourrait.

Je me souvenais de notre première rencontre, nous avions devisé sur son prénom plutôt original. Elle avait dit que ses parents les avaient nommées, elle et ses sœurs, selon plusieurs Etats. Georgia et Virginia passaient, mais Tennessee était un vrai fardeau.

« De l'argent bien entendu, » répondit-il d'une voix égale. Une horloge posée sur le manteau de la cheminée égrenait les heures. La pièce semblait civilisée, mais la conversation en était très loin.

Il semblait que Mr Grimsby soit déterminé. A tuer Tennessee. Il avait froidement assassiné son père venu lui rendre visite pour la cérémonie de remise des diplômes et pour la ramener dans le Dakota du Nord. Mr Grimsby ne montrait ni remords ni conscience. Je jetai un œil à Tennessee assise bien droite dans un fauteuil à haut dossier, son teint d'ordinaire éclatant maintenant livide. Elle me regarda avec de grands yeux implorants, des larmes coulant sur ses joues. Elle s'était fourrée dans ce pétrin et m'y avait attirée malgré moi. En quête d'un prétendant, elle avait cédé aux avances de Mr Grimsby, l'un des plus riches et prospères hommes d'affaires de la ville. Non seulement il était riche et séduisant—selon ses propres termes, je le trouvais quant à moi antipathique—mais il était également célibataire.

Attirée par l'argent ou l'amour, elle voulait mettre la main sur un riche époux mais avait menti à Mr Grimsby sur la situation et fortune de sa famille depuis le début. Elle n'était pas une héritière des chemins de fer, comme elle l'avait dit, seulement la deuxième fille d'un banquier de Fargo. Cet écran de fumée était pourtant innocent, et plusieurs jeunes filles y avaient eu recours à travers les âges pour progresser sur l'échelle sociale, mais il semblait que Mr Grimsby ait plus désiré la prétendue fortune de Tennessee que la jeune femme elle-même. Il n'était pas aussi riche qu'il paraissait, cela dit. S'il n'avait pas dérangé, ils auraient formé un joli couple. Mais quand la vérité avait éclaté sur la parjure de Tennessee, il était devenu enragé ; le cadavre de son père et son œil tuméfié en étaient la preuve.

Ainsi que l'arme pointée sur sa tempe.

« Je n'ai pas d'argent, répondis-je en me léchant les lèvres.

— Tu ne ressembles à rien, mais tu as de l'argent. »

Les yeux de Mr Grimsby glissèrent sur ma joue avec une expression proche du dégout, et il se mit à trembler de rage. J'avais l'habitude qu'on me taquine sur ma cicatrice, mais j'étais ravie qu'il ne lui ait pas trouvé le même attrait que pour Tennessee. Elle était belle, équilibrée et avait bon cœur. « Je connais ton histoire, je connais ton frère. Tu n'as peut-être pas d'argent sur toi, mais il possède l'un des plus grands ranches du territoire »

J'étais surprise qu'il ne me force pas à l'épouser à la place. S'il voulait de l'argent à tout prix, il passerait outre ma cicatrice. Mais non. Il tenait trop aux apparences et voulait une belle mariée. Tennessee. Pas moi. Pour une fois, j'étais contente d'être défigurée.

« Des terres et du bétail. C'est tout ce qu'il a, répondis-je. Je ne vais pas vous ramener une vache. »

Je me mordis la lèvre, sachant que ce n'était pas la meilleure chose à dire, car il retira l'arme de la tête de Tennessee et s'avança vers moi pour me saisir le bras. Je tressaillis et criai dans sa cruelle étreinte.

« Je ne veux pas d'une putain de vache, siffla-t-il en postillonnant. Je veux de l'argent ou quelque chose à vendre contre de l'argent.

— Très bien, » répondis-je. Que pouvais-je dire d'autre ? Il avait tué le père de Tennessee pour la punir de ses mensonges. Qu'est-ce-qui l'empêchait de braquer l'arme contre ma tempe et d'en presser la détente ? « Je... je vais vous ramener quelque chose à vendre. »

Il me relâcha, essuya sa bouche du revers de sa main tenant l'arme.

« Tu as une semaine. » Il se retourna et désigna Tennessee qui pleurait pour de bon.

« Une semaine. Après quoi je la tue. »

J'acquiesçai, mon cœur battant à tout rompre. J'allais rentrer chez moi maintenant que j'avais obtenu mon diplôme. Je me demandais comment j'allais pouvoir revenir, mais je m'en inquiéterais plus tard.

« Si tu ne reviens pas, mes hommes te retrouveront. » Il agita le pistolet sous mes yeux, qui en fixèrent le métal brillant.

Je fis un pas en arrière. Il ne fit rien, alors j'essayai un second, puis un autre, de peur de me retourner. Tennessee pleurait toujours.

« Ne me laisse pas ! » cria-t-elle, tendant la main vers moi.

Cela me déchirait de la laisser, mais si je voulais revenir la sauver, je devais partir. J'entendis s'ouvrir la porte derrière moi, et alors seulement, je me retournai. L'homme de main me tint la porte et m'escorta dans la rue, suivie par les sanglots de mon amie. Je devais l'aider. Je devais rentrer chez moi et rapporter quelque chose pour apaiser Mr Grimsby. Quelque chose qui ne ferait pas défaut à James. Sinon, elle mourrait. Et si je ne revenais pas dans la semaine, il s'en prendrait à mon frère. Je l'avais sauvé quand j'étais enfant, je ne pouvais pas le laisser mourir maintenant.

1

 BIGAIL

J'aurais dû regarder les mariés se tenir devant le prêtre, alors qu'ils récitaient leurs vœux. Theresa était ravissante dans sa robe blanche, son visage radieux du bonheur qui semblait en provenir. Elle aimait Emmett, sans aucun doute. Ses sentiments étaient réciproques, à en juger par le léger tremblement dans la voix du grand fermier quand il prononça. « Je le veux. »

J'aurais dû les regarder échanger leur premier baiser de couple marié, mais mes yeux ne pouvaient quitter le séduisant duo que formaient Gabe et Tucker Landry. Les frères étaient assis sur l'allée centrale à deux rangées de moi avec plusieurs autres habitants de Bridgewater. Je ne voyais pas au-delà de leurs larges épaules, leurs cheveux proprement coupés, dans leurs chemises éclatantes.

L'occasion de les regarder aussi longuement ne m'était

pas souvent offerte et je soupirais, contemplant leurs silhouettes ciselées ; Tucker rasé de près et Gabe arborant une barbe taillée.

J'avais passé deux ans à Butte et ne les avais pas vus pendant toute cette période, du moins pas jusqu'au pique-nique de la veille. Je ne pouvais m'ouvrir de mon intérêt pour eux auprès de personne. Je les avais connus quand j'avais quatorze ans et dire que ça avait été un coup de foudre serait un doux euphémisme. Mais ils avaient bien dix ans de plus que moi, et bien que serviables, ils ne m'avaient jamais adressé un regard. Alors j'en avais rêvé, les regardant de loin avec les yeux envieux d'une petite fille. Je n'avais parlé à personne de mes sentiments pour eux. Avec tant de voisins curieux dans cette petite ville, je ne pouvais courir le risque qu'ils apprennent la vérité. Une fille de quatorze ans amoureuse. De quoi se mortifier.

Mais je n'étais plus une petite fille et mon intérêt pour eux n'avait pas faibli pendant ces années. Je ne les avais pas vus pendant longtemps mais aucun autre homme ne leur arrivait à la cheville. Il devait pourtant bien y avoir d'autres hommes pour rivaliser. Et maintenant, à dix-neuf ans, je pensais à eux d'une nouvelle manière. Charnelle. Coquine. Malheureusement, je ne pouvais rien changer à cette... attirance que je ressentais pour eux. Je n'étais pas de nature entreprenante comme Tennessee, et elle m'avait montrée à ses dépens ce qui pouvait se passer. Je devais considérer mon retour à la maison comme temporaire car je devais plus me soucier de sauver mon amie que de ces deux beaux mâles qui faisaient chavirer mon cœur et pointer mes tétons.

Mais alors qu'ils étaient assis devant moi, je profitais de cette rare occasion. Je ne faisais pas que les regarder. Je les lorgnais, les reluquais et rêvais. Rêvais que je me tiendrais un jour à leurs côtés prononçant mes vœux comme Theresa et Emmett.

L'un des frères Landry était blond, l'autre brun. L'un était fort, l'autre fin. L'un était souriant, l'autre sombre. Je ne devrais pas désirer des hommes si différents, mais c'était pourtant le cas. Mon cœur avait ses raisons, et c'était la racine de mes soucis. Cela avait été instantané, mon intérêt pour eux quand je n'étais qu'une enfant. Depuis, dès que je les voyais, mon cœur manquait un battement. Et de ne les avoir vus pendant longtemps, le désir avait été immédiat. Intense. Je n'avais rien ressenti de tel étant enfant. Je pouvais les admirer, ils n'étaient en rien désagréables à regarder. Ils étaient plus que séduisants. Ils avaient réchauffé mon cœur en regardant vers moi hier pendant le pique-nique. Chaque femme en ville devait probablement ressentir la même chose.

Je voulais découvrir la douceur de Gabe sous mes doigts. Je voulais découvrir à quel point les épaules de Tucker étaient noueuses. Je voulais que la voix sombre de Gabe me susurre à l'oreille pendant qu'il me chevaucherait. Je rêvais que le corps puissant de Tucker m'emprisonne sous son poids. Je remuai sur le banc en bois dur, mon corps tremblant de désir, un désir qui n'avait encore jamais été assouvi. Et que je voulais éteindre avec les frères Landry.

Plus tard dans la nuit, je penserais à eux. La nuit d'avant, j'avais relevé le tissu de ma chemise de nuit pour me caresser. J'avais pensé à leurs grandes mains et à leurs doigts qui glisseraient en moi, le long de mes lèvres glissantes. J'avais joui, mon corps tendu avait été inondé de plaisir alors que je chuchotais leurs noms dans la pénombre. Non, ce n'avait plus rien à voir avec des fantaisies enfantines, loin de là.

Comme s'ils avaient senti mon regard de braise, ils tournèrent la tête pour me regarder. Moi ! Les yeux sombres de Gabe me clouèrent sur place et ceux de Tucker me firent ouvrir grande la bouche. J'étais démasquée et mon cœur sembla s'arrêter de battre. Pouvaient-ils lire mes pensées comme si elles étaient inscrites sur mon visage ? Pouvaient-ils savoir que je les désirais désespérément ? Pouvaient-ils sentir que je les avais utilisés pour nourrir mes fantaisies les plus interdites ? Quand Tucker me fit un clin d'œil, j'haletai. J'espérai ne pas avoir fait de bruit, mais couvris ma bouche de mes mains jute au cas où.

James, assis à mes côtés regarda vers moi. Je fis un sourire rassurant à mon frère alors que tout le monde applaudissait les jeunes mariés qui descendaient l'allée.

« Tu pourrais être à leur place, d'ici peu, » dit James pour couvrir le bruit, en me tapotant dans le dos.

L'espace d'un instant, je crus qu'il parlait des Landry, mais ensuite, je me souvins de la vérité. Ou plutôt du mensonge, celui que j'avais lancé la veille pendant le pique-nique. Je n'étais rentrée à Butte que le jour d'avant. James ne m'avait pas laissée voyager toute seule. Alors j'avais laissé passer la remise de diplôme pour que la famille Smith, une famille de la ville propose de me raccompagner. Je réalisai que si plutôt que d'attendre, j'avais voyagé seule, j'aurais quitté Butte et évité les ennuis causés par Tennessee. Je n'aurais pas eu à mentir, pas à craindre mes amis ou même James. Maintenant il me fallait retourner à Butte, avec de l'argent qui plus est.

Hormis Noël, c'était mon premier retour en ville depuis deux ans, depuis que James m'avait envoyée en pension. A dix-sept ans, j'étais un peu moins féminine que ce qu'il espérait, ayant été élevée dans un ranch avec lui pour seul parent. Il avait voulu que je puisse plaire à un mari, mais je savais que ma cicatrice en éloignerait plus d'un. A la place, l'école m'avait mise à l'écart de toute tentative. A cause de cela, je fronçai les sourcils vers James en me souvenant.

Le mensonge.

Pendant le pique-nique, les filles de mon âge s'étaient rassemblées autour des tables pleines de nourriture pour parler de leurs maris ou de leurs prétendants. Contrairement à elle, j'avais vécu une existence recluse en pension—James avait insisté—et aucun homme, hormis le professeur de piano n'avait mis un pied dans l'établissement, et encore moins ne m'avait courtisée.

Je ne pouvais pas parler d'un homme à moi.

Mais il me fallait une raison de me rendre à Butte si rapidement après mon retour. Un prétendant justifierait ma connexion avec la ville et me donnerait une raison valable de retourner si promptement sauver Tennessee. Une fois la crise résolue, je pourrais prétendre avoir rompu mon engagement. Personne n'en saurait rien et je n'aurais plus jamais à remettre les pieds dans cette ville.

Au milieu des filles qui piaillaient de manière incessante sur leur bonheur, j'avais récité ce mensonge, un homme, à Butte. Elles me regardèrent surprises d'abord, puis heureuses. J'étais celle à plaindre, celle qui n'avait ni mère ni sœur. Un visage quelconque avec une cicatrice repoussante. Je coiffais mes cheveux en une simple natte et portais des vêtements simples. J'étais timide. L'école m'avait appris à jouer un joli concerto et à préparer un repas pour quinze, mais quant aux hommes ? Je n'avais aucune idée de ce qu'il fallait faire.

J'étais restée à la périphérie du groupe jusqu'à ce moment, mais elles m'avaient bombardée de questions sur l'homme que j'avais pris dans mes filets. Je pensais qu'elles se contenteraient d'une réponse polie « Ah, très bien, » et puis fini. Je ne m'attendais pas à ce qu'elles soient aussi contentes pour moi. C'était incroyable que ce si petit mensonge prenne vie. Il s'était répandu durant le pique-nique et d'ici le coucher du soleil, toute la ville, y compris mon frère, croyait que j'avais un fiancé nommé Aaron Wakefield. Mon excuse pour retourner à Butte avait pris racine.

Voir James si heureux pour moi mêlait douceur et amertume, comme il ne voulait que le meilleur pour moi, spécialement me voir faire un beau mariage. Son bonheur, cela dit, était infondé et basé sur un mensonge, et il me démangeait de lui dire la vérité, qu'on retenait mon amie en échange d'une rançon et que je devais apporter de l'argent. Mais il me détesterait bien assez tôt pour l'avoir volé. C'était presque trivial de mentir à propos de mon soi-disant fiancé en comparaison.

J'avais envie de lui parler de Mr Grimsby, mais il se mettrait en route vers Butte pour le menacer. Je préférais encore qu'il me haïsse pour l'avoir volé plutôt qu'il finisse abattu par Mr Grimsby. Le père de Tennessee avait été tué de sang-froid. Je ne voulais rien faire qui mette James en danger. Mieux valait vivant et en colère que mort. Et pourtant je ne voulais pas non plus qu'il me déteste.

Il était ma seule famille ; nos parents étaient morts dans un incendie quand j'étais petite—ce qui m'avait valu cette cicatrice—et il m'avait élevée tout seul. Je n'avais rien dit quand il avait acheté un ranch et que nous avions déménage d'Omaha pour commencer une nouvelle vie. Je ne m'étais pas plainte quand il m'avait envoyée à l'école à Butte comme il pensait faire ce qu'il y avait de mieux pour moi. Peut-être voulait-il me protéger du regard des gens cruels, ceux qui pensaient que j'étais défigurée. Immonde. Comme avait dit Mr Grimsby.

Jusqu'aux frères Landry à l'intérieur de l'église. Leur regard m'avait fait me sentir tout le contraire.

Et alors qu'ils remontaient l'allée vers James et moi, je voulais leur dire que j'étais libre d'être courtisée, libre d'être aimée. J'avais fait rentrer un homme imaginaire dans l'équation et j'aurais voulu leur dire la vérité.

Ils avaient l'air si beaux que je voulais sauter au cou de Gabe et l'embrasser pendant que Tucker me caresserait les cheveux, murmurant à l'oreille des mots charnels. Je voulais qu'ils me prennent la main et me traînent près de la rivière pour m'embrasser follement.

2

BIGAIL

« L'un des Landry ferait un bon mari, » commenta James en se penchant vers moi. Manifestement, il ne savait pas ce qui se passait à Bridgewater, où deux hommes épousaient une même femme. « Mais tu as déjà un Aaron. »

Mon estomac s'enfonça. « Oui, » répondis-je. Si je n'avais pas inventé un bête soupirant, j'aurais pu parler à James de mon intérêt pour les deux Landry, et leur intention d'épouser une même femme. Comme il les connaissait depuis des années et qu'ils étaient amis, je compris qu'ils les approuvaient comme potentiels soupirants. Voire... plus. « Cela dit, c'est toujours toi l'entremetteur, » ajoutai-je pour le rassurer, alors qu'il semblait inquiet. Il avait clairement senti mon air dégouté quand j'avais mentionné Aaron.

« Je veux te voir heureuse, et cela implique d'être mariée. »

Les femmes dans cette partie du Territoire du Montana ne pouvaient rêver à autre chose que de se marier. Avoir des enfants. Et mon frère était très protecteur, surtout depuis l'incendie. C'était un bon grand frère, quoi que surprotecteur, mais il m'avait assez vue souffrir, et pas que physiquement.

« Ta place n'est pas dans un ranch avec moi, à te cacher. »

Cela faisait deux ans que je n'habitais plus au ranch. J'avais toujours pensé qu'il m'avait envoyée à l'école pour me dissimuler, mais je ne lui dirais rien en ce sens. Ce que j'appelais cacher était son côté protecteur lui montant à la tête.

J'aimais mon frère et j'aimais vivre au ranch. C'était ma maison et presque tout ce dont je me souvenais. Mais j'étais d'accord avec lui. Je n'y avais plus ma place. Je rêvais de mon propre chez-moi, d'un homme avec qui le partager, d'avoir des enfants. Alors que les Landry s'arrêtèrent à notre hauteur, je réalisai que je voulais partager ce rêve non pas avec un, mais deux hommes.

Ils me firent un signe de tête avant de serrer la main de James.

Alors que Gabe et James parlaient de la naissance de poulains, Tucker me fit un clin d'œil—encore !

« Tu es une amie de Theresa ? » demanda-t-il. La plupart des gens détaillaient la cicatrice sur ma joue droite, mais pas lui. Ses yeux clairs saisirent mon regard sans sourciller. Bien que sa question soit badine, je lui étais reconnaissante d'avoir amorcé la conversation. La plupart des gens m'évitaient, comme si cette vieille blessure était contagieuse.

« Oui, répondis-je, si nerveuse que mes genoux s'entrechoquaient.

— Je présume que tu connais certaines femmes de Bridgewater ? » Il fit un petit signe de tête. Avec sa mâchoire carrée et ses lèvres pleines, il était difficile de le regarder dans les yeux quand il parlait.

Je savais que je ne pouvais me contenter de répondre oui, sinon il me prendrait pour une écervelée incapable de faire des phrases. « Laurel et Olivia ont aidé à confectionner les décorations du pique-nique.

— Tu es contente de retrouver ton frère ? » Concentrée sur le soleil qui reflétait de fins copeaux dorés dans ses cheveux blonds, je faillis oublier sa question. J'avais terminé l'école et j'étais rentrée chez moi. Sans compter mon retour prochain pour sauver Tennessee. Une fois que j'aurais donné son argent à Mr Grimsby, je quitterais Butte pour de bon.

James et Gabe avaient rejoint la conversation et attendaient ma réponse. J'en profitai pour lorgner Gabe du coin de l'œil, dont les yeux sombres ne regardaient que moi. Je fis un effort énorme pour ne pas fixer sa bouche et me demander si sa barbe me chatouillerait quand—non, si—il m'embrassait.

« Oh, euh... je réalisai qu'ils attendaient une réponse. Oh, oui. Ça m'a manqué.

— Et voilà que j'entends que tu pourrais retourner à Butte, dit Gabe, d'une voix lente et posée. Pour te marier et t'y installer. »

Où diable avait-il entendu ça ? Je n'avais parlé à personne de mon intention de retourner à Butte dans quelques jours, mais ensuite je reconsidérai les derniers mots de Gabe.

« Me marier et m'y installer ? » répétai-je. Je n'avais aucun intérêt pour Butte. J'y retournerais le temps de venir en aide à Tennessee, mais certainement pas pour m'y installer définitivement. J'espérais sincèrement ne plus jamais mettre les pieds dans cette ville.

James rit et leva la main. « Ses projets d'épouser un homme à Butte sont récents. Je ne l'ai même pas encore rencontré. »

Tout le monde se tourna en entendant James appeler Mr Bjorn, l'homme dont la propriété jouxtait le sud de la nôtre. James s'excusa.

Je le regardai s'éloigner et en me retournant vers Gabe et Tucker, ils me semblèrent plus proches. Avaient-ils fait un pas en avant ? Je relevai la tête pour les regarder et remarquai qu'ils pouvaient voir ma cicatrice de près. Avec expérience, je tournai la tête sur la droite pour la masquer. Leurs yeux clairs et sombres étaient si intenses que je dus déglutir et détourner les yeux. Savaient-ils qu'ils m'affectaient ? Pouvaient-ils voir mes tétons pointer sous mon corset ? Pouvaient-ils discerner mon pouls battre frénétiquement à la surface de mon cou ?

« Y'a-t-il quoi que ce soit qui cloche avec ton fiancé que tu souhaites cacher à James ? demanda Gabe.

— Fiancé ? » glapis-je en les regardant en face. Quand j'en avais parlé aux filles, j'avais simplement parlé du fait qu'un certain Aaron s'était manifesté. Rien de plus. Juste assez pour que cela semble réel. Mais voilà qu'il était devenu un fiancé ? « Non... je veux dire non, ce n'est pas le cas. »

Tucker pencha la tête sur le côté. « Ce n'est pas ton fiancé ? »

Non, pas du tout. Mais je ne pouvais le dire. « Nous ne sommes pas fiancés. »

Les deux hommes fermèrent les yeux.

« Il t'a fait du mal ? Tu as peur de lui ? » demanda Gabe.

Il semblait prêt à foncer à Butte pour casser la figure d'Aaron, si seulement il existait. Une douce chaleur se dissipa en moi devant tant d'inquiétude. Hormis James, personne ne m'avait défendu auparavant.

« Quoi ? Non, répondis-je. Il est très gentil. »

Tucker grogna en croisant les bras. « Tu penses que ton amie Theresa dirait de son jeune époux qu'il est 'très gentil' ? »

Non, bien sûr que non. Elle vénérait quasiment son homme.

« Ce n'est pas pareil. » Theresa aimait Emmett, alors que j'avais… inventé quelqu'un de toutes pièces. Comment avoir des sentiments pour une personne qui n'existait même pas ?

Gabe arqua un sourcil sombre. « Oh ? Et que ressens cet homme pour toi ? »

Je me sentais mise à nue, avec leurs questions, comme s'ils me piquaient avec un bâton.

Plutôt que de leur dire la vérité, j'employai la défense pour m'en sortir. Je me raidis. « En voilà une question personnelle. »

Gabe se pencha légèrement. « Un homme devrait être désespéré pour sa femme. Éperdu à l'idée d'être avec elle. En elle. Sur elle. »

J'étouffai un gémissement d'une fausse toux. Sur elle ? Oh mon dieu, les propos de cet homme me faisaient fondre sur place. Ils étaient crus et directs. Audacieux pour une vague connaissance. Et pourtant je ne me sentais pas offensée, mais excitée.

« Oui, mon frère a raison, ajouta Tucker. Notre femme saurait d'une certitude absolue, qu'elle est le centre de notre attention et que nous voudrions réaliser le moindre de ses désirs. »

Notre femme. Oui cela confirmait qu'ils voulaient prendre une épouse pour eux deux. Ah, comme j'espérais que cela put être moi.

Ils pouvaient le faire. Je n'avais aucun doute qu'ils combleraient chacun de mes besoins, même si je n'en avais moi-même aucune idée. Je voulais juste... ressentir. Sentir leurs mains sur moi, leurs lèvres. Je voulais être entourée, submergée. Prise.

« Vous êtes bien indiscrets, répondis-je, essayant de paraître guindée alors qu'en fait, j'avais envie d'en entendre davantage.

— Vraiment ? Et où est cet Aaron ? demanda Gabe, regardant autour de lui comme si l'homme se cachait derrière un arbre. T'a-t-il seulement rendu visite depuis ton retour ? »

Il me restait cinq jours avant de ramener son argent à Mr Grimsby.

« Si tu étais à nous, nous ne te laisserions pas t'aventurer aussi loin. Nous voudrions t'avoir près de nous, dit Tucker. Très près de nous. »

J'ouvris la bouche mais aucun son n'en sortit.

« Laurel a dû te parler de la coutume à Bridgewater, » dit Gabe. Ce n'était pas une question.

Je clignai des yeux. Ils attendaient.

« Oui, vous prenez une femme ensemble, » répondis d'une voix douce. Bien que ceux de Bridgewater ne s'étendent pas sur le fait de partager une épouse, si cela venait à se savoir, ils ne mentaient pas à ce sujet. Laurel avait Mason et Brody comme maris et je savais qu'Olivia en avait trois. La manière dont leurs hommes les regardaient me donnait envie d'en avoir deux à moi. Et depuis mes quatorze ans, je savais que je voulais que ce soit Gabe et Tucker.

« C'est exact. Tucker et moi partagerons une épouse. Pense à ce que cela pourrait être. »

Je fermai les yeux, pensant à mon union avec Tucker et Gabe Landry. Des frères aussi différents que leur apparence. Les voir rentrer par la porte de derrière se nettoyer pour le souper et me réveiller entre eux deux au petit matin.

« Mais te voilà prise par un autre, » dit Tucker, sur un ton déçu.

Un autre. Ah oui, ils parlaient d'Aaron.

Gabe grommela, regarda à droite et à gauche avant de murmurer. « Imagine ce que cela pourrait être entre nous. J'ai envie de t'embrasser Abigail.

— Tu n'as envie que de l'embrasser ? » demanda Tucker, ses yeux se promenant sur mon corps d'une manière sombre et charnelle.

Mes tétons pointèrent de cette inspection manifeste.

« Je n'ai pas dit où je voulais l'embrasser, » répliqua-t-il.

Oh mon dieu. Je ne pouvais qu'imaginer *où*.

Les hommes remirent leurs chapeaux. « Quel dommage ma douce, dit Tucker.

— Quel dommage ? dis-je, ma voix à peine plus forte qu'un murmure.

— Nous ne prenons pas ce qui ne nous appartient pas. Si tu es conquise par Aaron, soit — il haussa les épaules— nous respectons cette union. »

Mon émulation se changea en poussière et je craignis de sentir mal. Ils me désiraient moi. Je les désirais. Et mon mensonge nous séparait. Ce stupide mensonge. Tennessee était en train de tout gâcher !

« Pas conquise, répliquai-je essayant de leur faire

comprendre ce que je ne pouvais leur dire. Les histoires qu'on raconte sont très exagérées. »

Tucker ne répondit rien, se contentant de me faire un clin d'œil avant de s'éloigner. Gabe me regarda encore un moment, me fit un signe de tête avant de se retourner pour emboiter le pas à son frère. J'aurais dû dire quelque chose, admettre la vérité, mais ils n'auraient plus voulu de moi. J'étais une menteuse, comme si j'avais eu cinq ans. Une fois qu'ils connaitraient la vérité, ils me trouveraient enfantine et indigne de leur attention. Ou pire, une fois qu'ils auraient appris que j'avais volé mon propre frère, ils me haïraient. Je ne pourrais les avoir en mentant, pas plus qu'en disant la vérité.

La cour de l'église était pleine de gens de la ville, qui s'attardaient pour bavarder, en attendant le début de la réception donnée pour le petit mariage. J'étais entourée mais complètement seule et ce n'était pas à cause de ma stupide cicatrice. Je craignais de passer le reste de ma vie seule. Un mensonge ne me réchaufferait pas le soir seule dans mon lit.

3

ABE

« Elle sera à nous, dis-je.

— Sans l'ombre d'un doute, » répondit Tucker.

Après la réception de mariage, Tucker et moi étions retournés à Bridgewater. Nous avions travaillé deux jours durant à inspecter les clôtures, réparant les sections abîmées et rattrapant les vaches en déroute, tout en ressassant notre conversation avec Abigail. Nous passions en revue chaque mot qu'elle avait prononcé, chaque hochement de tête, sa manière de la pencher d'un côté ou de l'autre pour dissimuler sa cicatrice, les émotions que l'on pouvait lire dans ses yeux.

« Qui ça ? » demanda Andrew en portant un pile d'assiettes sales depuis la salle à mange.

Il était un des nombreux hommes qui demeuraient à

Bridgewater et partageait le repas communautaire avec ceux qui ne travaillaient pas. Ces derniers jours, ces agapes rassemblaient un grand groupe et les tâches étaient réparties. Tucker et moi étions de corvée de vaisselle et j'avais les mains dans un évier plein d'eau chaude où je récurais une casserole.

« Abigail Carr, répondis-je. Nous allons la conquérir. »

Je me la représentais dans ma tête. Petite—elle m'arrivait à peine à hauteur d'épaule—avec de grands cheveux bruns rejetés derrière sa tête dans une natte impeccable. Difficile de déterminer leur longueur mais si j'en ôtais les épingles, je les imaginais tombant dans son dos. Et cela arriverait. Bientôt si Tucker et moi suivions notre projet. Elle avait des yeux tout aussi ravissants et une surprenante quantité de taches de rousseur autour du nez. Elle était belle—elle avait attiré mon regard dès le premier jour. Elle n'était alors pas aussi attirante qu'aujourd'hui. Non, elle avait juste… attiré mon cœur.

Elle n'était qu'une petite fille quand nous l'avions rencontrée—la petite sœur timide et hésitante de notre ami James—et une jeune femme quand elle était partie en pension. Mais après deux ans, elle était devenue une femme. Nous la désirions depuis qu'elle avait dix-sept ans et nous savions qu'elle serait à nous un jour, vu qu'elle était trop jeune pour nous à cette époque, mais maintenant… maintenant, il était temps de la conquérir. Nous avions assez attendu.

« La fille avec la cicatrice sur le visage ? » demanda Andrew en posant les assiettes sales sur le plan de travail à côté de moi.

Je lui lançai un regard noir. Tucker arrêta de nettoyer et fit de même.

« Oui, elle a une cicatrice mais elle a aussi de longs cheveux bruns, » clarifiai-je.

Oui, elle avait une cicatrice. Une langue de peau marbrée et plissée sur la joue gauche qui semblait résulter d'une brulure. Ce n'était pas régulier comme le serait une coupure. La zone atteinte était un mélange de sa peau claire et de cicatrisation rosée. C'était une blessure ancienne, complètement guérie, et pourtant sa peau ne se libérerait jamais de ces imperfections. Quelle qu'en soit la cause, elle porterait à jamais cette marque de sa survie.

Mais la cicatrice était petite et sans intérêt. Oui, elle était visible. Oui, elle était vilaine, à cause de la douleur et de l'inconfort qu'elle pouvait causer. Quelle cicatrice n'en ferait pas autant ? J'en avais de nombreuses sur le corps, mais personne ne me jugeait à cause d'elles ou ne les citait pour me décrire.

Andrew écarquilla les yeux en reconnaissant mon ton acerbe, mais il en perçut rapidement le sens. La cicatrice ne devait pas servir à la décrire. Cela m'agaçait, mais insupportait complétement Tucker. J'étais impressionné qu'il garde son sang-froid et qu'il n'ait pas collé son poing dans la figure d'Andrew. J'étais peut-être protecteur envers elle, mais Tucker…

« Oui, et de jolis yeux bleus également, ajouta Andrew en guise d'apaisement.

— Qui a de jolis yeux bleus à part moi ? », la femme d'Andrew, Ann, arriva depuis la salle à manger portant quelques verres, un sourire malicieux au coin des lèvres. Christopher, leur jeune fils courrait derrière elle avec une poignée de serviettes. Tucker s'accroupit pour les lui prendre en le remerciant d'une petite caresse sur le nez. L'enfant sourit.

« Abigail Carr, répétai-je.

— Oui, elle est plutôt jolie. Timide, ajouta Ann. Je suis heureuse d'apprendre qu'elle a un homme.

— Et elle en aura bientôt deux, lui dit Tucker.

Ann posa les verres sur la table au milieu de la pièce et regarda vers Tucker. « Oh ? Vraiment ? » Elle sourit à pleines dents.

Il retourna vider les restes des assiettes destinés aux cochons dans un seau.

« Cet homme n'est pas son fiancé, répondit Tucker d'un ton catégorique.

— Tu es sûr de cela ? » Andrew se pencha sur le comptoir en me regardant récurer.

Je lui passai la casserole propre et un torchon. S'il voulait parler, il pouvait essuyer la vaisselle en même temps. J'attrapai une assiette et la plongeai dans l'eau chaude.

« C'est ce qu'elle nous a dit. Tu aurais dû voir son visage. Je n'ai jamais vu une femme aussi peu enthousiaste à l'idée de son prétendant, poursuivit Tucker.

— Tu as toujours des étoiles dans les yeux quand tu parles de moi ? », taquina Andrew.

Je regardai ces deux-là, envieux de leur amour manifeste.

« Ann, qu'est-ce-qu'elle t'a dit exactement ? » demandai-je, sans aucune honte pour ma curiosité

Elle plissa les lèvres un moment. « Je ne lui ai parlé que quelques fois. Christopher se tient rarement tranquille pendant un pique-nique et lui courir après m'empêche généralement de discuter. »

Elle sourit à son fils qui lui lançait un petit sourire diabolique.

« Elle a plus parlé à Laurel. Laisse-moi la chercher. » Avançant dans l'embrasure de la porte, elle appela Laurel à nous rejoindre dans la cuisine. Elle s'effaça pour laisser filer Christopher. Tout le monde l'entendit crier de joie, « Encore, encore, » et sut que son autre père, Robert, le lançait dans les airs, sa dernière trouvaille.

« Ils veulent en savoir plus sur le fiancé d'Abigail Carr. »

La femme aux cheveux sombres fronça les sourcils. « Il s'appelle Aaron, il a les cheveux blonds et il est bibliothécaire. »

Je jetai un œil à Tucker. « Elle ne nous a pas parlé de ça. Elle ne s'est pas vraiment étendue au sujet de cet homme, ni parlé de lui en bons termes. »

Il hocha la tête en continuant de laver son assiette.

« Et comme ça vous voulez la conquérir juste après l'avoir vue la semaine dernière ? demanda Andrew.

— Tu oublies, mon cher époux, dit Ann en s'avançant vers Andrew et en mettant ses mains sur sa poitrine. Tu m'as demandée de t'épouser dix minutes après m'avoir rencontrée. »

Andrew se pencha pour embrasser Ann et lui donner une petite tape sur les fesses. J'essayai de réprimer un sourire, mais c'était impossible. Leur histoire s'était écrite sur fond de croisière transatlantique, de père malheureux et d'une fugue. Le destin s'était peut-être invité dans leur vie au moment où Ann avait frappé à la porte de la cabine de Robert pour s'y cacher. De ce qu'ils nous avaient dit, ils s'étaient mariés dans la journée.

« Nous la désirons depuis un long moment. Des années. Mais elle était trop jeune. C'était une bonne chose qu'elle soit partie à l'école, de faire ce qu'il est normal pour une jeune fille. Aller danser ou je ne sais quoi. Mais comme elle est rentrée, indomptée, elle est à nous.

— Mais elle a Aaron, répliqua Laurel.

— Un prétendant ne signifie pas qu'elle est conquise. Il a eu sa chance mais il l'a laissée filer. Nous n'attendrons pas le prochain pour lui passer la bague au doigt. »

C'est au pique-nique que nous l'avions vue la première fois depuis son retour. Tucker l'avait aperçue et m'avait pris le bras, penchant ma tête dans sa direction. Elle discutait au milieu d'un petit groupe de femmes. Nous étions trop loin pour saisir le sujet mais la discussion était animée. Laurel en faisait partie et faisait en sorte d'inclure Abigail, mais il était manifeste qu'elle semblait réticente à se joindre au groupe. Elle était belle comme une gravure dans sa robe bleu clair qui mettait en valeur ses courbes lascives. Des courbes que je ne me souvenais pas lui avoir connues avant qu'elle ne parte en pension.

Même parmi les autres femmes, elle sortait du lot. Bien que les autres soient pour sûr attirantes, Abigail était la seule à capter notre regard à nouveau, de nous sortir de notre routine—littéralement—et de nous perdre pour tout autre femme, à jamais.

Mason, le mari de Laurel, avait une fois raconté que trouver sa promise était comme être frappé par la foudre mais n'avions jamais donné de crédit à ce concept. Nous avions toujours su, même quand elle était plus jeune, qu'elle serait à nous, mais cela n'avait alors rien avoir avec l'envie d'elle que nous ressentions désormais. Elle n'était alors qu'une petite fille, mais aujourd'hui elle était une femme ravissante. C'était une belle journée d'été quand nous avions tous deux été frappés par la foudre. Abigail, avec ses manières timides et ses doux sourires était faite pour nous. *La seule et l'unique.*

Mais quand nous avions entendu qu'elle avait un

homme à Butte, nous n'avions pu l'approcher autrement que pour des banalités. Nous ne pouvions plus demander à son frère la permission de la courtiser ou même de l'emmener à l'écart. Si elle était conquise, nous n'allions pas interférer. Mais elle avait réfuté l'histoire qui s'était répandue au pique-nique comme une traînée de poudre. Elle avait certes quelqu'un, mais ils n'étaient ni fiancés ni mariés, et à en juger par sa réponse bancale, elle ne semblait pas bien excitée à cette idée. Cela nous laissait une chance. Elle n'avait pas de bague, alors nous l'avions poussée un peu, parlant de l'embrasser, de la conquérir. Elle avait répondu comme nous l'espérions, avec envie, curiosité et excitation.

« Et nous qui nous demandions pourquoi vous ne vous intéressiez pas aux filles de la ville. Maintenant nous savons pourquoi, » commenta Andrew.

Les femmes à marier étaient rares dans la région. Tucker et moi ne nous en souciions que peu, vu qu'aucune d'entre elles ne nous plaisait. Elles étaient certes gentilles et séduisantes, mais aucune ne nous faisait tourner la tête. Jusqu'à Abigail. Je me retournai et me penchai sur l'évier, attrapai le torchon des mains d'Andrew pour y essuyer les miennes.

« C'est heureux qu'elle vous parle volontiers. Elle est timide, ajouta Laurel. Envoyée à Butte pour revenir après deux ans. Les gens sont passés à autre chose, se sont mariés pour certains, et ont eu des enfants. Ce doit être délicat de revenir et d'être au centre des conversations. » Elle haussa les épaules en attrapant un haricot vert dans un bol pour le mordiller. « C'est évident qu'elle souffre de son apparence. Cela la rend timide et prudente. Et si on s'était moqué d'elle à l'école ? Vous avez entendu les rumeurs à son sujet, que les hommes ne s'intéressent pas à elle à cause de sa cicatrice. »

Tout le monde sursauta en entendant le fracas d'un verre contre le mur. Tucker se tenait là, les mains sur les hanches, respirant bruyamment.

« J'en ai plus qu'assez d'entendre tout le monde parler de cette satanée cicatrice. Par les gens de la ville, par vous. Même par Abigail elle-même. Elle est bien plus que cette putain de cicatrice. »

Il se passa une main à l'arrière de la tête pour se calmer.

J'avais envie de jeter mon propre verre, frustré par l'idée que cette cicatrice suffise à définir Abigail, pas seulement à son entourage mais aussi elle-même. Elle avait même tourné la tête pour la dissimuler quand nous avions discuté après le mariage. C'était un geste subtile mais manifeste.

Tucker le ressentait encore plus profondément. Il aimait prendre la défense des faibles, ceux qui étaient sans défense face aux brutes. Sa colère était particulièrement ancrée au fond de lui, sa sœur ayant fait les frais d'une telle cruauté. Elle était née un peu spéciale, avec de grands yeux et une nature généreuse. Alors que son frère avait grandi, elle était restée une petite fille de quatre ans. Tucker, de cinq ans son aîné, avait veillé sur elle. Mais il ne pouvait la protéger tout le temps, surtout de ses propres parents. A la mort de sa mère, son père l'avait placée dans une institution où elle était morte quelques mois plus tard.

A peine une année plus tard, le père de Tucker avait épousé ma mère. C'était un enfoiré, alors il avait été facile de le détester, malgré mes onze ans. Quand ma mère l'avait épousé, je n'avais pas compris, mais j'y avais gagné un frère. Il avait beau être légalement mon demi-frère, ce n'était qu'un mot pour moi.

Tucker n'avait jamais pardonné à son père ce qu'il avait fait et bien que je n'aie jamais rencontré sa sœur, Clara, j'étais de tout cœur d'accord avec lui. A cause de l'histoire cruelle de sa propre famille, il ne laisserait personne s'en prendre à Abigail. Pas même avec des mots. Et moi non plus, mais chez Tucker, cela tournait à l'obsession.

« Oh, Tucker. Cette cicatrice ne la définit pas, » dit Laurel, pas autrement affectée par sa colère. Elle s'approcha pour lui caresser le bras. Nous savions tous ce qui était arrivé à sa sœur et pourquoi il s'emportait facilement. Et quant à Abigail dont la cicatrice était pourtant bénigne, il en était amoureux et agissait de manière impulsive parce qu'il était bon. Il fit un sourire à Laurel et partit chercher le balai.

Les autres hommes accoururent dans la cuisine pour chercher l'origine du bruit et s'assurer que personne ne soit blessé.

« Abigail Carr semble être sous la protection de Tucker, dit Andrew aux autres.

— Et la mienne, » ajoutai-je en croisant les bras.

Andrew se mit à rire avant de me donner une tape sur l'épaule en souriant. « Ils vont la conquérir. On dirait que nous allons bientôt avoir une nouvelle épouse à Bridgewater. »

Oh oui. Il ne nous restait plus qu'à la quérir.

4

UCKER

Une fois que Gabe et moi nous étions mis d'accord pour Abigail, qu'elle serait enfin à nous, je devins impatient. Il me tardait de découvrir la douceur de ses cheveux, de passer mes doigts sur le velours de sa peau, de gouter à ses lèvres, de l'entendre haleter quand je commencerais à déboutonner son chemisier, de voir son visage quand je la ferais jouir. J'avais besoin qu'elle soit à moi, qu'elle soit à nous.

Elle avait beau avoir un admirateur, il n'avait pas ravi son cœur. C'est pourquoi nous n'avions aucun scrupule à lui arracher. Si elle avait été fiancée, si nous avions vu des étincelles et de l'amour dans son regard en en parlant pendant le pique-nique, alors nous nous serions inclinés. Mais cela n'avait pas été le cas.

Mais comme Laurel l'avait dit, Abigail était timide. Craintive, même. Bien que deux ans en pension l'aient maintenue à l'écart des hommes—presque tous les hommes—cela ne lui avait pas donné une grande confiance en elle. Pour ces raisons, il nous fallait avancer à pas feutrés. Elle ne se sentirait jamais exclue ni seule à Bridgewater. Elle aurait deux hommes qui feraient d'elle le centre de leur univers et un groupe de femmes qui deviendraient ses amies.

Si elle écoutait les ragots insignifiants la traitant de déformée au lieu d'écouter ses hommes qui lui diraient à quel point elle était belle, alors elle finirait sur mes genoux. Une bonne fessée lui apprendrait à ne plus jamais se dénigrer de cette manière.

Clara n'avait jamais été en mesure de comprendre les méchancetés que les gens disaient sur elle, s'amusant à ses dépens. Ma sœur cadette n'avait jamais acquis plus de maturité qu'une enfant. J'avais veillé sur elle—quiconque s'en prenait à elle ramassait mon poing dans la figure, voire pire. Mais je n'avais pas pu dévier toutes les moqueries, toutes les provocations. Je m'étais assez battu alors que j'avais dix ans pour que la plupart des gens laissent Clara en paix. Elle n'avait jamais réalisé qu'ils n'étaient que de vilains petits cons.

Contrairement à Clara, Abigail avait une conscience, et malgré tout elle laissait les abrutis la faire douter. Encore et encore, jusqu'à ce qu'elle ait peur de me regarder en face, voulant me cacher sa cicatrice. Ils la laissaient se sentir moins que belle, moins que parfaite. Ce serait à moi, et à Gabe, de changer cela. Cela n'arriverait pas du jour au lendemain, mais cela arriverait, dès qu'elle serait à nous.

Pour ces raisons, le lendemain, nous attachions nos chevaux à la rambarde du ranch des Carr et frappions à la porte de devant, qui était grande ouverte.

James apparut, précédé par une quinte de toux, alors

qu'il avançait lentement vers la porte, comme s'il avait été piétiné par un cheval.

« Si je n'étais pas dans un tel état, je serais content de vous voir, » dit-il en reculant pour nous laisser entrer. Ses cheveux étaient ébouriffés, ses vêtements froissés et sa peau avait la teinte écarlate et suante d'une personne fiévreuse. Bien que je ne regardai pas de près, j'étais quasiment sûr que sa chemise était mal boutonnée.

« Nous étions passés voir Abigail en fait. »

Nous avions retiré nos chapeaux en franchissant le seuil. Nous étions venus dans cette maison plusieurs fois, mais jamais en présence d'Abigail. Elle était grande, pleine de place si James décidait de trouver une femme. Ce n'était pas encore le cas et il ne semblait pas pressé. Toutes les fenêtres étaient ouvertes et je pouvais voir la porte de derrière entrouverte à l'autre bout du couloir, laissant aussi passer l'air frais.

« Comme je disais, si je ne me sentais pas aussi mal, je me soucierais certainement des raisons de votre visite à Abigail. Ne vous inquiétez pas, c'est juste un rhume des foins. Rien de plus. »

Il nous dirigea vers son salon et s'effondra sur le canapé en soupirant, levant un bras pour couvrir ses yeux.

Je lançai un regard vers Gabe qui haussa les épaules. Nous n'avions jamais vu James aussi mal en point. L'homme ne se laissait pas abattre facilement.

« Abigail est en haut, elle défait son sac, » dit-il.

Bien que James ne puisse s'en rendre compte, je fronçai les sourcils. « Son sac ? Je croyais qu'elle était revenue depuis plusieurs jours.

— Elle allait retourner à Butte, seule. A cheval. » Il leva

un bras assez longtemps pour nous regarder. « Comme si j'allais la laisser faire une chose pareille.

— Pourquoi irait-elle à Butte ? Je croyais que les cours étaient terminés, » répondis-je, mon dos se contractant à l'idée d'Abigail voyageant seule. Je ne doutais pas qu'elle s'en sortirait très bien, mais elle pourrait être en danger si les choses tournaient mal.

« Elle a bien terminé l'école. Merde, elle a dix-neuf ans. Non, elle voulait retourner à Butte voir son homme. »

Y avait-il entre eux plus qu'elle n'avait laissé paraitre ?

« Il pourrait venir lui-même, » commenta Gabe.

Quelle sorte de gentleman laissait une femme voyager ainsi ? Et pourquoi irait-elle à Butte voir un homme dont elle n'était clairement pas friande.

James reposa son bras et le laissa pendre sur le sol comme s'il pesait une tonne. « Exactement. Je lui ai dit que si elle voulait y aller, je l'accompagnerai dès que j'irais mieux. Je veux le rencontrer. »

J'entendis un bruit de pas à l'étage et regardai vers le plafond.

James soupira. « Elle n'est pas contente. »

Je me demandais si Abigail était contrariée de ne pouvoir y aller, ou de ne pouvoir y aller seule.

« Je peux l'accompagner, » proposai-je.

James se redressa pour s'asseoir, bien que vouté sur le canapé. Il coiffa ses cheveux de sa main. « Et pourquoi diable voudrais-tu faire une chose pareille ?

— Parce que nous la désirons. » Gabe l'avait dit simplement. Devant le seul homme qui nous séparait de conquérir Abigail.

James écarquilla les yeux et se pencha en avant, posant ses coudes sur ses genoux. Il était peut-être malade mais il se ressaisit. Il pensait désormais comme le grand frère protecteur qu'il était. Deux hommes en avaient après sa sœur, et il nous flanquerait une bonne correction s'il le devait.

« Vous la désirez ? répéta-t-il, la mâchoire serrée. Avez-vous—

— Je t'en prie, James, tu nous connais mieux que ça, » dit Gabe pour l'apaiser en croisant les bras.

Il pensait que nous lui avions fait des avances, l'avions touchée. Baisée. Je devais couper court à son inquiétude sur le champ. « Nous ne la toucherions pas si elle appartenait à quelqu'un d'autre, et, si elle était nôtre, pas avant qu'elle ne porte une bague au doigt. »

Cela ne m'empêchait pas d'y *penser*, mais son frère n'avait pas besoin de le savoir.

« Bien, parce qu'il y a de nombreux arpents de terre pour enterrer vos cadavres, mais je ne suis pas en état de lever une pelle en cet instant, grogna-t-il. Mais comme vous l'avez dit ; c'est le cas. Elle appartient à un autre homme, je veux dire. » Il secoua son poignée. « Aaron quelque chose. »

Gabe secoua doucement la tête. « Nous ne pensons pas qu'elle soit amoureuse de lui. »

James garda le silence une minute. « Et vous pensez qu'elle est amoureuse de vous ? »

Le ton glacial de sa voix ne nous échappa pas. Il était rassurant de savoir qu'Abigail avait quelqu'un d'aussi prudent que son frère pour la protéger. Mais l'envoyer en pension, la protéger des railleries causées par sa cicatrice, lui avait fait encore plus de mal. Elle n'était plus une enfant, et peut-être avait-elle besoin d'un peu d'indépendance, une occasion de tracer sa route. Avec nous.

« Nous savons qu'elle est intéressée, » répondis-je, en

taisant comment nous le savions. Nous ne lui dirions pas maintenant comment elle avait rougi quand nous luis avions parlé de manière cru et charnelle pendant le pique-nique. Elle s'était léché les lèvres, devenue douce et impatiente en entendant nos paroles. Mais James n'avait pas à le savoir non plus.

« C'est pour ça que vous êtes volontaires pour l'accompagner à Butte ? Pour prendre soin d'elle ou parce que vous la désirez ? » Il sera la mâchoire et je vis pulser un muscle de son cou. Ensuite, il fut pris d'une quinte de toux. Je grimaçai et fis tout mon possible pour ne pas reculer.

« Les deux, répondis-je. Si elle est déterminée à se rendre à Butte, nous ne laisserons pas notre femme arpenter la campagne sans protection. Et si cet homme n'est pas digne d'elle, alors nous prendrons soin d'elle. S'il n'a pas conquis con cœur, alors nous le ferons. »

Gabe hocha la tête. « Nous le ferons. » Il ne croyait pas à un seul des 'si' prononcés.

James nous regarda l'un et l'autre. « Je connais la coutume à Bridgewater, mais est-ce le cas d'Abigail ? Sinon, il faudra la lui expliquer. »

J'étais content de ne pas avoir à expliquer la coutume consistant en deux hommes à épouser une femme, surtout au frère d'une femme que nous voulions épouser. Je me souvins des fondateurs de Bridgewater, des soldats anglais et écossais qui avaient fait campagne dans les contrées centre-est de Mohamir et qui en avaient adopté la coutume. Ian Stewart avait été piégé pour un crime qu'il n'avait pas commis et tous avaient ensuite afflué de par le monde vers le Territoire du Montana, un havre de paix pour commencer une nouvelle vie, trouver des femmes qu'ils pourraient aimer, chérir et protéger. Jusqu'alors, il y avait eu neuf mariages. Et si les choses se passaient selon notre gré, il y en aurait un dixième avant la fin de la journée.

Je fis un petit signe de tête. « Elle est au courant, mais pas par nous. Par Laurel, je présume.

— Vous la traiterez bien ? » demanda-t-il en nous regardant fixement.

Gabe se raidit et je luttai pour ne pas laisser mes doigts se serrer en un poing.

« La ligne est ténue, Carr, entre protéger ta sœur et remettre en question notre honneur.

— Peut-être n'ai-je pas parlé assez clairement. Nous n'allons pas nous contenter de veiller sur elle. Nous allons l'épouser. » Gabe fixa James attentivement.

« Pourquoi êtes-vous venus ? Pour manifester votre intérêt ?

— Nous la désirons depuis de nombreuses années. » Je levai la main pour lui éviter de se surmener pour rien.

« Ne te mets pas en colère. Nous n'avons eu aucun geste déplacé envers elle. Jamais. Nous avons attendu qu'elle soit assez grande pour lui manifester notre intérêt. Et ce n'est pas que de l'intérêt, Carr. Nous parlons d'engagement. De mariage. Nous avons assez attendu.

— Cela fait moins d'une semaine qu'elle est revenue, répliqua James.

— Nous avons attendu assez longtemps et nous ne resterons pas bêtement assis à rien faire pendant qu'elle sera conquise par un autre, » lui dis-je

De petits pas indiquèrent qu'elle descendait l'escalier.

« Nous le ferons à notre manière, Carr, murmurai-je, ne voulant pas qu'Abigail apprenne que nous avions parlé d'elle dans son dos. Je te le dis avec respect, c'est une femme accomplie qui a besoin de faire ses propres choix sans l'aide de son grand frère. »

James tourna la tête vers les escaliers, puis vers nous. Sa mâchoire se crispa, mais il hocha la tête. « Soit. »

Bien qu'il ne soit pas enchanté à l'idée que sa sœur épouse deux hommes, il devait fléchir. Il nous connaissait depuis des années et nous avions un respect mutuel. Cela ne devait pas changer pour ça. Il devait se servir de notre histoire pour doucement abandonner son rôle paternel envers sa sœur. Nous étions ce qu'il y avait de mieux pour elle, et il s'en rendrait compte bien assez tôt.

Il se mit à tousser et se rallongea sur le dos dans le canapé.

« Tu ne devrais même pas être hors du lit, le gronda Abigail depuis le couloir. J'ai ouvert toutes les portes et fenêtres de la maison, mais tu vas contaminer tout le monde avec—»

Elle entra dans la pièce et s'arrêta brutalement en nous voyant. Ses yeux s'ouvrirent aussi grand que des soucoupes. Elle se tourna vers son frère ; mais c'était devenu une seconde nature chez elle que de dissimiler son côté gauche aux gens, y compris à nous. Elle pouvait se cacher pour l'instant, mais plus pour longtemps.

« Mr Landry, murmura-t-elle, ne disant le nom qu'une seule fois, mais nous savions qu'elle parlait de nous deux. Quelle bonne surprise. »

Elle ne portait aujourd'hui qu'une simple jupe bleue marine tombant jusqu'au sol. Son chemisier blanc était éclatant et boutonné jusqu'au menton. C'était la quintessence de la modestie, et pourtant j'avais en cet instant les moins modestes des pensées. De quoi aurait-elle l'air avec les cheveux détachés ? Si les boutons défaits laissaient entrevoir la naissance de ses seins ? Si elle levait le pan de sa robe pur dévoiler sa cheville, puis d'avantage ?

« Je sais que tu veux te rendre à Butte, Abigail, » dit James, me sortant de mes pensées. Sous l'angle duquel il se trouvait, Abigail semblait plus grande. « Je suis trop malade pour t'accompagner, mais les frères Landry seront ravis de me remplacer. »

Elle nous regarda tour à tour, clairement pétrifiée. Elle n'avait pas peur de nous ; nous le savions. Réticente, certainement, nous étions des hommes rudes, et elle avait été élevée plutôt recluse. Son esprit travaillait dur pour trouver une réponse appropriée. Nous avoir comme chaperons pour l'escorter vers Butte devait être la dernière chose à laquelle elle s'attendait.

« Merci pour votre offre, mais ce ne sera pas nécessaire, dit-elle en se frottant les mains.

— Nous insistons, répondit Gabe. Je suis sûr que ton frère aimerait remonter se coucher pour se reposer. Si tu fais ton sac, nous pouvons partir sur le champ. »

5

 BIGAIL

« Tout va bien, Abigail ? » demanda Gabe alors que nous chevauchions à travers la prairie. Le soleil était déjà chaud et mon chapeau de paille était une bénédiction.

J'étais épuisée nerveusement et à bout de forces. Je n'avais pu dormir tant je m'inquiétais pour Tennessee, de ce que j'allais pouvoir apporter à Mr Grimsby. Et quand je fermais les yeux, je rêvais d'armes et de morts. Et ensuite, j'étais assaillie de pensées très décadentes impliquant les frères Landry. Et maintenant ils chevauchaient à mes côtés. Comment ne pas me sentir nerveuse après une heure aux côtés de Gabe et Tucker, deux hommes que je désirais de tout mon cœur ? Leur odeur fraîche était perceptible et malgré leur grande taille, tous deux chevauchaient comme s'ils étaient nés sur un cheval. Je ne pouvais m'empêcher de fixer leurs larges cuisses moulées dans leurs pantalons, leurs avant-bras se détachant de leurs manches retroussées. La taille de leurs mains. C'était une torture de ma propre invention.

Je voulais leur dire la vérité, pas seulement sur le Aaron imaginaire que j'avais inventé, mais aussi sur mon amour pour eux. J'avais les mots sur le bout de la langue. Les hommes gardaient le silence, prêts à entendre tout ce que j'aurais à dire, mais je ne pouvais pas. Dès qu'ils auraient compris que je leurs avait menti, ils me haïraient. Et je ne pouvais certainement pas leur confier la raison de ce mensonge. La seule pensée de Mr Grimsby braquant une arme sur eux suffisait à me glacer le sang.

Et s'ils apprenaient que j'avais fourré dans mon sac la broche en diamant de ma mère, ils seraient livides. C'était un des seuls objets de valeur qui ne ferait pas défaut à James dans l'immédiat et qui soit assez facile à transporter. C'était du vol, James était censé l'offrir à son épouse le jour de leur mariage, et j'allais l'utiliser pour apaiser un homme aussi dangereux qu'il était mauvais.

Je jetai un coup d'œil à Gabe, si séduisant avec ses cheveux et sa barbe sombres, ses yeux perçants. Je me mordis la lèvre, signal envoyé tant par mon esprit que par mon cœur. Je lui fis un petit signe de tête quand il regarda vers moi, avant de détourner mon regard vers les montagnes aux sommets enneigés qui se dressaient au loin.

Mon projet original était de retourner à Butte toute seule, du jour au lendemain, de donner à Mr Grimsby le bijou pour garantir la libération de Tennessee. Je raconterais à mon frère et à toute la ville avoir mis fins à ma relation avec mon prétendant. James serait certainement très heureux que j'aie rompu avec quelqu'un demeurant aussi loin. Et je serais libérée du mensonge impliquant Mr Grimsby, une bonne fois pour toutes. Les gens de la ville me montreraient de la pitié, mais peu importe. Tant que Tennessee serait saine et sauve et que Mr Grimsby n'enverrait pas ses sbires s'en prendre à James, le reste m'importait peu. Et quand James constaterait la disparition d'une partie de son héritage... eh bien, je m'en inquiéterais à ce moment.

Mais mon plan avait tourné court. James m'avait interdit de voyager seule. Trop soucieux de ma sécurité en pleine nature. Bien qu'il ait été malade pendant notre dispute, il avait gagné.

J'avais défait mon sac et réfléchi à une nouvelle manière de rejoindre Butte avec la broche assez vite pour sauver Tennessee. Une heure plus tard, quand James m'avait appelée à descendre au salon, je n'avais pas élaboré de nouveau plan et j'avais été stupéfaite de tomber sur les frères Landry. Une fois qu'ils avaient proposé m'accompagner à Butte, impossible de faire machine arrière. Bien que James soit têtu, les frères Landry l'étaient deux fois plus. Ils ne me lâcheraient pas si je refusais, et je n'aurais pas d'autre occasion de me rendre en ville. Et maintenant je luttais pour trouver un moyen de leur fausser compagnie assez longtemps pour rencontrer Mr Grimsby.

Je me mordis la lèvre et me frottai les mains, tout en les gardant sur les rênes. Qu'allais-je bien pouvoir faire ? Je jetai un coup d'œil rapide à Gabe et Tucker qui cavalaient facilement sans le moindre souci. Le soleil faisait scintiller leurs cheveux sous leurs chapeaux : les mèches blondes de Tucker et les boucles sombres de Gabe. Ils me regardaient avec intensité comme ils l'avaient fait toute la journée et je me tortillai encore une fois.

Je désirais les frères Landry. Tellement. Tout serait bientôt terminé, leur gentillesse à mon égard. Ils me détesteraient, m'en voudraient. Ils me trouveraient immature d'avoir inventé un prétendant imaginaire. Je leur aurais fait perdre leur temps. Je ne les blâmerais pas pour leur déception et frustration. Ils passeraient facilement à autre chose et trouveraient une femme qui leur conviendrait, une qui ne raconterait pas de bobards.

Déglutissant péniblement, je tournai la tête pour réprimer mes larmes. Je ne pleurerais pas. Je ne pouvais pas. Je portais la faute sur mes frêles épaules. Je me l'étais infligé à moi-même. Non, c'était Tennessee qui avait tout amorcé, mais cela n'avait plus d'importance.

Quand les hommes dirigèrent leurs cheveux vers l'Ouest, je fronçai les sourcils. « Où allons-nous ? demandai-je.

— A Bridgewater, répondit Tucker.

— Bridgewater ? répétai-je. Pour quoi faire ? »

Nous n'allions pas à Butte ?

« Il est temps d'avoir une petite discussion, tu ne crois pas ? » dit Gabe en me fixant.

Je déglutis. Que pouvait-il bien savoir ? « Gabe—»

Il secoua la tête. « Pas ici, ma belle. Quand nous serons à la maison, nous parlerons. »

Je secouai la tête. Je ne voulais pas faire tout le trajet jusqu'à Bridgewater pour qu'ils me détestent ! Avec Laurel et Olivia et tous les autres. Je devais leur dire la vérité, au moins à propos de mon soi-disant fiancé. Je n'avais pas à leur livrer les raisons de cette invention.

« J'ai menti. » Les mots sortirent de ma bouche et je me mordis la lèvre.

Les hommes ralentirent leurs chevaux et regardèrent vers moi. Comme ils m'entouraient, je ne pouvais pas les regarder en même temps, mais je sentais sur moi l'intensité de leurs regards.

« Menti ? » répéta Tucker, les sourcils froncés.

Je baissai les yeux sur mes mains tenant les rênes. Mes phalanges étaient devenues banches tant je les agrippai. « Oui. Je n'ai pas d'homme qui m'attend à Butte.

— Tu n'as pas de prétendant ? » demanda Gabe.

Je secouai la tête. « Non. »

Ils poursuivirent leur route en direction de Bridgewater. Je ne comprenais pas pourquoi ils ne faisaient pas demi-tour immédiatement pour me ramener à la maison ou m'interrogeaient pas sur les raisons de ma supercherie. Je me retrouvais désorientée par leur silence.

Le restant du trajet vers Bridgewater me parut interminable. J'avais rêvé qu'ils me ramènent chez eux, mais pas comme ça. Pas avec toute cette histoire entre nous, sans compter Mr Grimsby.

Je ne m'étais jamais rendue au grand ranch auparavant. En passant devant une maison de taille modeste perchée sur une colline, j'aperçus le reste des bâtiments au loin. Je me demandai laquelle était celle de Laurel et Olivia.

Ils mirent pied à terre et m'aidèrent à descendre de mon cheval.

« Je suis fatiguée du voyage, dis-je, sans oser les regarder, je voudrais me reposer avant que vous me rameniez chez mon frère. »

C'était une excuse à peine voilée pour ne pas parler, le trajet n'ayant pris que deux heures.

Heureusement, Gabe et Tucker étaient des gentlemen et ne répliquèrent pas. Une main posée sur mon bras, Gabe me dirigea vers la maison. Elle n'avait qu'un niveau mais elle était grande. Les bardeaux étaient peints d'un blanc éclatant et le porche attenant abritait deux fauteuils à bascule. Avec la campagne et les montagnes au loin, elle offrait un magnifique point de vue.

Mais je ne pouvais pas en profiter. Chaque pas était chargé de tristesse, de les sentir si proches de moi et en même temps si loin. Je pouvais même sentir leur odeur sombre et épicée qui était si parfaite. Ils me guidèrent à travers un couloir vers une chambre à coucher. Elle était simplement équipée, mais le lit, le plus grand que j'avais jamais vu, prenait le plus gros de la place. Une chemise d'homme pendait à un crochet au mur et une paire de bottes usées était fourrée sous le lit. J'aperçus aussi un nécessaire de rasage posé sur une commode.

Dans l'encadrement de la porte, je pris une grande inspiration pour me donner du courage et me tournai vers eux avant de les remercier pour leur prévenance. Quand Tucker passa à côté de moi, je découvris qu'ils avaient d'autres idées en tête.

Gabe s'avança, ses yeux sombres plongeant dans les miens. Il s'approcha encore et je dus reculer, pas après pas, dans la chambre jusqu'à ce que l'arrière de mes jambes rencontre le lit.

« Gabe, qu'est-ce-que tu fais ? demandai-je en essayant de bouger pour ne pas me sentir envahie. Je... je voudrais m'allonger. » C'était vrai, mais j'occultais la partie dans laquelle c'était avec lui que je voulais m'allonger. Avec eux.

« Bien, répondit-il alors que Tucker fermait la porte derrière lui. Tu peux t'allonger sur mes genoux. »

Gabe s'assit sur le bord du lit et sans grand effort m'attira sur ses genoux. J'haletai, surprise par la rapidité de ces actes. Le haut de mon corps atterrit sur le confortable matelas et je poussai sur mes bras pour me redresser.

« Gabe— »

Il utilisa un de ses pieds qu'il enroula autour des miens, emprisonnant mes jambes. Avec la main posée sur le bas de mon dos, je n'irais nulle part. J'appelai à l'aide d'un regard à Tucker mais il était adossé au mur, les bras croisés, complètement détendu. Les gestes de son frère ne semblaient pas le surprendre. Il ne m'offrirait aucune aide. J'avais pensé qu'il était un gentleman après tout et qu'il ne laisserait personne me soulever de la sorte. Personne à l'exception de son frère, semblait-il.

« Et maintenant ma douce, » commença Gabe. La paume de sa main était ferme, mais douce, pour me maintenir en place. J'en sentais la chaleur à travers ma robe. « Parle-nous de ce qui se passe dans ta vie.

— Quoi ? Laisse-moi me relever ! » Je me débattis, je n'avais pas envie de leur raconter quoi que ce soit de cette manière. C'était déjà assez dur de leur avoir avoué que j'avais menti en les regardant dans les yeux. Le faire avec les fesses en arrière serait bien pire.

« Ça suffit, Abigail, nous avons assez attendu. Nous voulons la vérité, et nous la voulons maintenant. »

J'étais autant en colère que terrifiée. Je ne pouvais pas me relever, je ne pouvais pas leur échapper avec des excuses.

« Tu peux nous parler, ou Gabe peux te fesser, » dit Tucker. Sa nonchalance s'était accentuée. « Ensuite, tu nous le diras avec les fesses rouges. »

Je tournai la tête pour regarder Gabe par-dessus mon épaule. « Tu n'oserais pas. »

Pour toute réponse, il agrippa le tissu de ma jupe et le jeta dans mon dos, repoussant tout le tissu et exposant mon caleçon. Je criai encore son nom en me débattant.

Il siffla entre ses dents et regarda mon derrière dans une

quasi-révérence. Ensuite, il me fessa. Une fois, mais cela suffit pour que j'halète en me contractant. La douleur était cuisante, mais une seconde plus tard, elle picotait tout autant que ma fierté.

« Tu n'en as pas assez de tout garder pour toi ? » demanda Gabe en caressant de sa main la zone qu'il venait de fesser. « Ce doit être pesant à force. »

Je pinçai les lèvres. C'était oppressant de ne pas pouvoir demander leur aide pour sauver Tennessee, de leur parler des raisons de ma visite à Butte. Mais Mr Grimsby les tuerait. Et James aussi. Et ainsi, il me fallait couvrir un mensonge par un autre.

Gabe me fessa de nouveau, le claquement résonna dans toute la pièce. Ensuite, il tira sur mon caleçon pour me le retirer en le faisant glisser sur mes cuisses. J'étais nue pour lui. Pour tous les deux.

6

 BIGAIL

« Mais qu'est-ce-que tu fais ? » criai-je. Ils pouvaient voir mon derrière !

« Merde. » J'entendis le murmure de Tucker. « Quel joli petit cul, ma douce. Même avec la trace des mains de Gabe, tout rose et chaud.

— Gabe ! » criai-je encore, en essayant de me libérer. Je n'avais jamais été exposée de la sorte pour personne auparavant. Pas seulement physiquement, ils essayaient aussi de percer à jour mes secrets. Et je rougis à l'idée qu'ils puissent voir mon cul teinté de rose comme Tucker l'avait décrit.

Mais si j'étais mortifiée qu'ils me voient ainsi, ce n'était rien comparé à ce qu'ils verraient et penseraient de moi en apprenant mes mensonges. Je voulais leur avouer, vraiment —j'en avais envie—mais je savais qu'ils me quitteraient dès qu'ils connaitraient la vérité. Bien que je n'apprécie certainement pas de me faire fesser, j'appréciais l'attention qu'ils me portaient, être au centre de leur attention. Ils ne pensaient qu'à *moi*. Je ne saurais dire pourquoi, mais j'aimais ça.

Comme je gardai le silence, Gabe se remit à me fesser. Il ne laissa pas une seule zone de ma peau intacte, même le dessus de mes cuisses. Ma chair était chaude et piquante et la douleur cuisante se transformait doucement en une boule de sensations qui dépassait largement le seul contact de ma peau et de sa main. De savoir que c'était lui qui me faisait ça me fit monter les larmes qui dévalèrent le long de mes joues.

« C'est ça, laisse-toi aller, ma belle, murmura Tucker, en s'accroupissant à côté du lit pour caresser mes cheveux de sa grosse main. Laisse-nous prendre soin de toi. »

Il parlait de mon fardeau comme si c'était quelque chose de tangible que je pouvais simplement leur donner à porter. Mais je ne pouvais faire autrement que de laisser Gabe poursuivre ce qu'il faisait, me laisser fesser. Je devais lâcher prise, me soumettre à ses gestes, contre lesquels je n'avais aucun contrôle. Je ne pouvais que m'abandonner à la sensation de sa paume contre mes fesses rougies. C'est comme s'il arrachait toute la tristesse de mes mensonges et qu'il lui donnait vie sous la forme d'une douleur aussi réelle que cuisante.

Je n'étais plus prisonnière de moi-même mais me libérais à chaque fessée, à chaque sanglot. Je me mis alors à pleurer pour de bon, lâchant prise comme Tucker l'avait dit. Je ne pensais plus, ne m'inquiétais plus, je ne sentais plus que la douce chaleur qui se dissipait.

Tucker me susurrait alors que Gabe poursuivait sa fessée, quoique plus doucement, comme s'il voulait purger toutes les larmes de mon corps. Enfin, enfin, il s'arrêta, sa paume passant sur ma chair meurtrie, me caressant doucement. Tendrement.

Je continuai à pleurer, et pour une raison que je ne comprenais pas, cela me faisait du bien, c'était presque cathartique de laisser couler les larmes. Ce n'était pas mon genre de jouer la comédie, et c'était peut-être ça le problème. Peut-être que j'avais besoin de pleurer, de purger toute la tristesse qui sévissait en moi, et ces deux hommes savaient que j'en avais besoin. Ils ne fuyaient pas, ils restaient avec moi. Je me laissai aller, comme si je sautais dans le vide sans me faire mal. En fait ils m'avaient attrapée. Et pourtant… je n'avais pas dit la vérité. Seulement que j'avais *menti*. Quand ils en sauraient plus, nul doute qu'ils se lèveraient et s'en iraient. Peu importe ce qui allait se passer. Il était temps.

Tucker me releva le menton et essuya mes larmes de son gros pouce. « Tu veux bien nous dire ? » demanda-t-il d'une voix à peine plus haute qu'un murmure.

J'acquiesçai, reniflai et plongeai dans ses yeux clairs. « Comme je l'ai dit, il n'y a… il n'y a pas d'autre homme. »

Je voulus tourner la tête mais Tucker ne me laissa pas.

« Pas d'homme ? » demanda-t-il. Il leva les yeux vers mon visage couvert de larmes, où il pouvait voir ma cicatrice, et tellement plus.

« Pas de prétendant. Je… je l'ai inventé. » Je pouvais avouer cette partie-là, mais rien d'autre.

Son regard s'embrasa, s'adoucit et il caressa encore mes cheveux. J'en oubliai de respirer.

« Nous y voilà, répondit Gabe en poussant un soupir. C'est terminé. »

Terminé. Oui. Comme je l'avais pensé, ils en avaient

assez de moi. Assez d'une femme menteuse. Et qui continuait à le faire.

Je me remis à pleurer. C'était fini. Peu importe ce qu'il avait pu y avoir entre nous. Tucker m'appelant « sa douce ». Leur attention, leur projet de m'embrasser, leur capacité à passer outre ma cicatrice. Complètement. Dès que Gabe me lâcherait, je serais toute seule.

Mon derrière picotait toujours de la fessée, mais ce n'était rien comparé au fait d'avoir le cœur brisé. Qu'il en soit ainsi. J'avais dit la vérité, et ils ne voulaient plus de moi. Je reniflai encore, une fois, deux fois, repris le contrôle de mes larmes, car si je m'étais sentie libérée pendant la fessée, désormais j'étais dévastée. C'est moi qui m'étais infligée tout ça. Je pris une grande inspiration et me redressai comme Gabe avait enfin bien voulu me lâcher. Mon caleçon tomba au sol. Je ne les laisserais pas me regarder lever ma jupe pour le remettre en place alors je l'envoyai valser d'un coup de pied tout en laissant retomber le tissu de ma jupe. A part ces deux hommes, personne ne saurait que j'avais le derrière bien rouge. Ce n'était qu'une façade de toute manière. Toute personne regardant ma cicatrice n'imaginerait jamais que je ne portais pas de caleçon.

La main de Gabe était chaude sur ma hanche et il m'aida à me relever, ensuite, il la reposa sur ses genoux.

Dans un dernier regard, je leur offris un petit sourire et leur tournai le dos. J'avançai vers la porte que j'ouvris.

« Attends, Abigail, » dit Gabe, en venant se placer devant moi, son bras me contournant pour refermer la porte. Il fronça les sourcils. « Où vas-tu ? »

La ride du lion se dessina sur son front, comment s'il était confus.

« Vous avez dit, c'est fini, » répondis-je. J'étais surprise de la force de ma voix. « Je... je m'en vais. Je comprends que vous ne vouliez plus de moi. Je suis une menteuse.

— Waouh, ma douce, dit Tucker en venant aux côtés de son frère.

— Je ne voulais pas dire que c'était fini entre nous, répondit Gabe. Putain, ça ne fait à peine que commencer. Tu penses que je fais passer toutes les femmes sur mes genoux pour les fesser ? » Il secoua la tête. « Seulement toi. »

Je les regardai tour à tour. « Je ne comprends pas.

— Après le mariage, l'autre jour, je t'ai dit que nous ne prenions pas ce qui appartenait à autrui. Mais comme tu ne semblais pas vraiment tenir à lui, et qu'Aaron n'existe finalement pas, il n'y a rien ni personne qui nous empêchera de te conquérir. »

J'étais surprise, ébahie. Je comprenais à peine ce qu'il voulait dire. « Vous n'êtes pas en colère que j'aie menti ?

— Je suis en colère qu'un homme imaginaire nous ait tenus à l'écart, grommela Tucker.

— Mais j'ai menti ! »

Et je mentais toujours, mais s'ils pensaient que mes tracas ne tenaient qu'au fait d'avoir inventé un soi-disant prétendant, ils se trompaient.

« Tu essayes de nous repousser ? demanda Gabe. Parce que cela va arriver. »

Je laissai tomber mon regard sur leurs larges torses et relevai la tête. « Bien sûr que non, mais j'ai fait quelque chose de mal. »

Gabe grogna. « Oui, et nous parlerons plus tard des raisons qui t'ont poussée à le faire. Pour le moment, nous voulons savoir ce que tu penses d'avoir deux hommes.

— Deux hommes ? » répétai-je. Ils étaient si grands devant moi qu'ils bloquaient la lumière de la seule fenêtre.

« Nous. Nous t'avons dit vouloir te conquérir. Si tu as des objections à ce sujet, dis-le nous maintenant. La fessée n'était qu'un début et nous voulons poser nos mains sur toi. »

Mon corps se réchauffa en entendant ces mots.

« Merde, je n'ai même pas encore posé les miennes sur elle, dit Tucker comme un enfant qui n'aurait pas encore pu essayer un nouveau jouet.

— Vous ? Tous les deux ? » demandai-je. Je *savais* qu'ils prendraient une femme tous les deux. Mais moi. Vraiment ?

Le coin de la bouche de Tucker s'anima quand il posa ses mains sur mon corps. « Nous devons savoir, douce, si tu nous désires autant que nous te désirons. Nous t'avons peut-être fessée sans ta permission, mais nous ne te toucherons pas sauf si c'est que tu veux. »

J'ouvris grande la bouche à cette chaude caresse qui glissait le long de mon bras, puis de ma hanche pour venir glisser contre mon derrière rougi. « Vous... vous me désirez ? » Je ne pouvais pas penser avec ses mains sur moi.

« Oui. Et depuis un long moment. » Tucker recula et posa sa main sur le devant de son pantalon. Impossible d'ignorer la grosse silhouette qui se dessinait en-dessous. « Je peux te le dire, mais j'aimerais autant te le montrer. » Un sourire diabolique se dessina sur son visage. « Tu n'as qu'un mot à dire.

— Oh, » haletai-je. Le duo m'avait dit des paroles un rien moins indignes d'un gentleman après le mariage, mais rien d'aussi direct.

Ceci était très direct.

« Nous te désirons Abigail. » Gabe me toucha, ses mains succédant à celles de Tucker, mais les siennes étaient plus entreprenantes. Elles s'enroulèrent autour de ma taille, ses pouces glissant sur le bas de ma poitrine. « Nous te voulons comme épouse. »

L'espoir jaillit dans ma poitrine en entendant les mots de Gabe. Épouse ?

Je secouai la tête, pourtant, confuse en posant mes doigts sur la peau tuméfiée de ma joue.

Son contact laissait penser une chose, mais son esprit—
« Comment pouvez-vous ? Je suis... J'ai une—»

Les mains de Gabe se figèrent. « Si tu termines cette phrase à propos de ta cicatrice, tu retournes sur mes genoux, et je ne me retiendrai pas cette fois-ci. »

Il s'était retenu avant ? Les muscles de mes fesses s'en contractèrent rien que d'y penser.

« Mais—»

J'essayai encore, mais Gabe ne lâcherait rien.

« C'est pour ça que tu t'es inventée un fiancé ? »

Je n'avais jamais considéré cette éventualité, mais c'était plausible. Cela avait du sens, vu que j'étais si nerveuse à leur égard et à ce qu'ils pensaient de ma cicatrice. Elle me mettait mal à l'aise. J'avais été moquée et ennuyée à cause d'elle, le dernier en date était Mr. Grimsby. Cela serait une excuse parfaite et ainsi je n'aurais pas à leur parler de Tennessee.

Alors j'acquiesçai. Et leur mentis. Encore une fois.

« Tu as confiance en nous, Abigail ? » Gabe croisa les bras. Je me sentis vide et seule sans son contact. Sans leurs mains à tous les deux sur moi.

« Vous venez de me fesser et m'avez menacée de recommencer, » répliquai-je, sentant la chaleur cuisante sur mes fesses.

Gabe s'avança et je reculai jusqu'à heurter la porte. Posant son avant-bras à côté de ma tête, il se pencha pour approcher sa bouche tout contre mon oreille. La chaleur de son souffle me fit frissonner. « Et tu en avais besoin, murmura-t-il. Tu avais besoin de lâcher prise sur tes problèmes, de les confier à tes hommes. »

Mes hommes ?

7

 BIGAIL

« Oui, j'avais besoin de vous dire que j'avais inventé ce fiancé, » avouai-je rapidement. C'était vrai. Cela me tourmentait. « Mais je n'avais pas besoin d'être fessée pour ça.

— Mais si, répliqua Gabe. Nous t'avons donné de nombreuses occasions de partager ton secret. Tu nous as poussés à le faire. »

J'avais fait ça ? Je ne l'avais pas demandé, mais je ne leur avais pas laissé le choix en continuant cette mascarade. J'avais eu besoin qu'ils me fassent avouer, mais malheureusement, je n'avais pas révélé toute l'histoire qui continuait de gangréner.

« Tu nous as dit la vérité et tu te sens mieux, n'est-ce-pas ? » demanda Gabe.

Je respirai son odeur virile et ne pus faire autrement que

de pencher la tête pendant qu'il mordillait la ligne de mon cou.

J'avais fait ça ? Je m'étais vraiment sentie mieux parce qu'ils m'avaient donné un exutoire ? Non, je ne me sentais pas complètement mieux parce qu'ils n'avaient recueilli qu'une partie de la vérité. Si je leur disais tout, si je leur livrais tous mes soucis, me sentirais-je vraiment mieux ?

Peut-être, mais alors il me faudrait m'inquiéter pour leur sécurité. Je venais à peine de découvrir qu'ils me désiraient. Je ne pouvais pas gâcher ce moment. Pour rien au monde. Il n'y avait pas de bonne réponse à cela. Jusqu'à ce que je sois libérée de Mr Grimsby, je me sentirais aussi coupable que nerveuse.

Gabe s'était montré si insistant avec sa fessée, et ce n'étais pas de la colère. Il ne m'avait pas punie. Ou peut-être un peu. Mais c'était quelque chose de très diffèrent, quelque chose que je ne comprenais pas vraiment.

A chaque respiration, les pointes de mes seins touchaient sa poitrine, et je sentais mes tétons devenir de petits points durs. J'acquiesçai avant de changer d'avis. Je me sentais mieux.

« Fais-nous confiance quand nous te disons que nous te désirons. Tu as vu à quel point Tucker bande fort. » Gabe pencha ses hanches vers moi, appuyant toute la rigidité de sa longueur contre mon ventre. « Comment je bande fort.

— Cela a été un enfer depuis le pique-nique, confia Tucker à l'autre bout de la pièce.

— Quant à moi, si tu ne crois pas mes paroles, que penses-tu de cela ? »

Gabe prit mon menton dans le creux de sa main et avant que j'aie le temps de me demander ce qu'il faisait, sa bouche se posa sur la mienne. Il m'embrassait. Ses lèvres étaient douces, et pourtant insistantes. Quand j'haletai à cette sensation, il en profita pour fourrer sa langue dans ma bouche. Sa barbe était douce et me chatouillait un peu. Piquante aussi.

Je levai les mains pour agripper sa chemise, m'y accrocher comme si j'avais peur de m'envoler. Soulevant ma mâchoire, il me pencha dans un baiser encore plus profond ; je fondis. Je cédai à son baiser, à son contact, à son contrôle. C'était mon premier baiser et je me demandai comment je m'en sortais, mais à en juger par le petit grognement qui s'échappa de sa gorge, j'en conclus que pas si mal. Mes épaules s'affaissèrent et mon corps entier se détendit, le laissant me soutenir.

J'ignorai combien de temps cela avait duré quand il releva la tête et me sourit. « Si douce.

— Elle vient de s'abandonner à toi, dit Tucker à son frère, d'une voix pleine d'admiration. Sa soumission est magnifique. »

Je fronçai les sourcils en entendant cela, mais mon esprit était trop embrouillé pour comprendre. D'un seul geste, j'avais succombé.

Mais quand son pouce caressa la chair boursouflée de ma cicatrice, je me raidis, chaque muscle de mon corps. Tout le plaisir, toute la chaleur de ce baiser s'envola comme si on m'avait aspergée d'eau froide. J'essayai de tourner la tête mais Gabe tint bon.

« Cette cicatrice est un problème, » dit-il simplement en me regardant dans les yeux.

J'avais les nerfs à vif, et des larmes dans les yeux. Oui, elle était un problème. C'en était un depuis la nuit où l'incendie avait tué mes parents et où j'avais sauvé James, coincé dans sa chambre par une poutre effondrée.

Je n'avais pas entendu Tucker approcher, mais quand Gabe recula, il était là pour prendre sa place. Je sentais contre moi chaque centimètre de lui, la chaleur de son corps imprégnant le mien. Il leva la main et ses doigts caressèrent aussi la peau boursouflée. « Ce n'est qu'une marque, ma douce. Une marque qui montre à quel point tu es courageuse. »

Courageuse ? J'avais envie de rire. Je n'avais jamais entendu personne associer le mot 'courageuse' en parlant de ma cicatrice. « C'est... elle est affreuse. »

Il me regarda comme s'il méditait cela en reculant, remonta une de ses manches. Bien que la pièce soit chaude, je frissonnai sans la chaleur de leurs corps. « Tu vois ça ? »

Une marque de coupure, un mélange de reflets argentés et de rose, courrait le long de son avant-bras.

« Je me suis fait ça sur des barbelés. »

Je ne pouvais qu'imaginer la douleur qu'il avait endurée.

« Tu es chanceux de ne pas être mort d'une infection. »

Gabe grogna de nouveau. « Il a failli.

— Et tu me trouves affreux, ma douce ?

— Quoi ? Non ! soufflai-je. Bien sûr que non. »

Il arqua un pâle sourcil. « Et pourquoi ça ?

— Parce que ce n'est qu'une cicatrice. »

Aucun d'eux ne dit rien, mes paroles résonnèrent dans la pièce.

Ce n'est qu'une cicatrice.

Je me mordis la lèvre en soupirant.

« Oui, ce n'est qu'une cicatrice, confirmai-je. Mais les mots des autres font toujours mal. »

Tucker prit ma joue dans sa main tout comme Gabe l'avait fait et y passa son pouce. Son autre main vint encore se promener sur mon corps, et je fondis complètement. Comment arrivaient-ils à me faire cela ?

« C'est exact. Nous travaillerons là-dessus. Plus tard. Mais avant, j'ai envie de t'embrasser. »

Ses yeux plongèrent dans les miens comme si j'allais m'y opposer. Je n'en avais aucune intention, parce que j'en avais envie aussi. Tellement envie.

Il ne ressemblait en rien à Gabe. Son baiser, quoique doux, était plus intense, plus puissant. Je pouvais y lire le désir, le pouvoir. Il n'y avait aucun doute qu'il était aux commandes, qu'il me contrôlait. Ses mains plus audacieuses, courraient sur mon corps et vinrent empoigner mes fesses, m'attirant contre la dure expression de sa virilité. Je gémis de ce baiser et sentis une douce chaleur envahir tout mon corps. Je me préparais pour eux. Ma bouche, mon esprit, mon corps étaient à la merci de Tucker.

Il se retira et recula. Ses lèvres luisaient de notre baiser, ses yeux presque clos, sa mâchoire tendue. Il respirait aussi fort que moi.

« Tu en veux plus, ma douce ? Tu veux que je caresse ta peau nue ? Que j'empoigne tes seins ? Je parie que ta chatte est bien mouillée pour nous, n'est-ce-pas ? »

Je n'hésitai pas à répondre à ces mots très charnels. Je voulais tout ce à quoi j'avais pensé seule dans mon lit, et plus encore. Leurs seuls baisers m'avaient fait me sentir comme jamais auparavant entre mes cuisses.

Tucker grogna. « Une vilaine petite fille timide ? »

Je rougis mais sans pouvoir le cacher.

« Alors nous avons besoin de te faire nôtre. Nous t'avons peut-être dans notre chambre mais nous n'allons pas te déshonorer en faisant toutes ces choses que nous voulons te faire. Pas encore. Épouse-nous ! »

L'émulation et l'impatience pulsait à travers mes veines, me faisant trembler.

« Vous épouser ? » répétai-je.

Je bondis dans les bras de Tucker quand il acquiesça. Pour une fois, mon dieu. Juste pour une fois, j'avais fait exactement ce que je ressentais plutôt que de faire ce que je pensais approprié. Cet homme m'avait embrassée, et j'avais envie de mettre la main sur Tucker pour ne plus jamais le lâcher.

Ses bras m'enlacèrent pour me serrer contre lui. Je sentais chacun de ses durs centimètres, le battement de son cœur. Tournant la tête, je le regardai d'en bas et lus la joie dans son regard bleu. « Comme ça ? »

Gave revint se placer à côté de Tucker. Il semblait qu'ils aimaient bien rôder autour de moi. « Comme ça ? répéta-t-il. Enfin, femme, nous te désirons depuis fort longtemps, peut-être même avant que cela ne soit approprié. Mais nous avons attendu, t'avons laissée partir en pension. Mais tu es de retour et nous en avons plus qu'assez d'être patients. Les hommes de Bridgewater prennent ce qu'ils veulent et donnent à leurs femmes ce dont elles ont besoin. Si rien ne reste en travers de notre chemin, nous sommes prêts.

« Tous les deux ? » demanda Tucker en me caressant les cheveux.

Ce qu'ils m'annonçaient était comme un rêve devenant réalité. Oui ! Oui, je les voulais.

« Oui, bien sûr que je vous veux tous les deux. Moi aussi, je vous désire depuis si longtemps. »

Les deux hommes soupirèrent longuement, et je vis leurs épaules se détendre.

« Vraiment ? » demanda Tucker.

Je n'avais jamais su qu'ils me désiraient vraiment, mais

tout était clair désormais. Ils étaient si forts, si puissants, et pourtant c'est moi qui avait le pouvoir sur eux. J'avais oublié qu'eux aussi, avaient leurs faiblesses. Des sentiments.

« Je pensais que c'était un amour d'adolescente, mais ça... n'est jamais passé, avouai-je. Même après que je sois partie en pension, tout est revenu encore plus fort quand je vous ai revus.

— Nous prendrons soin de toi, ma douce. Prendrons soin de chacun de tes besoins. Tu as vu à quel point nous te désirons, dit Tucker. Je ne ferai rien de plus tant que tu n'auras pas une bague au doigt. Épouse-nous. »

C'était la seconde fois qu'il prononçait ces paroles, et ce n'était plus une question mais un ordre. Peu importe. Je le voulais. Les voulais. Tellement.

Je hochai la tête. « Oui. »

Tucker recula de la porte et m'attira contre lui, laissant Gabe l'ouvrir. Tucker me prit la main et je descendis les escaliers dans la lumière du jour avant de me rendre compte de ce qui se passait. Sans caleçon. Il faudrait que nous ayons une conversation à ce sujet, mais j'avais l'impression que c'était une bataille que je n'emporterais pas.

8

 ABE

Je ne m'étais pas soucié que ce soit Robert qui occupe le poste de juge de paix. Jusqu'à présent. Maintenant, nous menions nos chevaux à travers Bridgewater pour qu'il puisse nous marier à Abigail. Nous n'allions pas l'emmener en ville pour un mariage à l'église. Nous ne voulions pas perdre une minute avant de la marquer comme nôtre et nous ne voulions assurément pas qu'elle change d'avis. La manière dont elle avait sauté dans les bras de Tucker me laissait penser qu'elle ne changerait pas d'avis mais je ne courrais pas le risque.

Les réactions d'Abigail à la fessée avaient été... incroyables. J'aurais pensé qu'elle détesterait ça et lutterait pour échapper à ma main leste, mais elle ne nous avait pas donné d'autre choix. Bien qu'elle nous ait surpris en avouant la vérité sur son prétendu homme de Butte, elle avait refusé d'en dire plus, même après un tel avertissement. Elle avait eu besoin de se faire fesser pour nous l'avouer. Elle avait voulu se soumettre à nous, avoir une raison de dire enfin la vérité.

Et quand elle l'avait ait, quand elle avait cédé à mon emprise, qu'elle avait suivi mes ordres, cela avait été magnifique. Pas ses larmes, celles-ci étaient difficiles à supporter, mais le soulagement de ses émotions trop longtemps contenues avait été incroyable. Elle nous avait donné la vérité, donné le poids de son mensonge pour l'en soulager. Et dire que tout cela venait de sa fichue cicatrice.

Mais maintenant nous allions la faire nôtre. Peut-être la marque qu'elle portait lui paraitrait insignifiante une fois que nous serions ses maris. Et nous la voulions comme épouse.

Andrew ouvrit la porte et fit la connaissance d'Abigail. Un large sourire se dessina sur son visage quand il entendit les raisons de notre présence. Il nous dirigea vers son salon où se trouvaient Robert, Ann et Christopher. Robert était allongé sur le sol et jouait avec son fil avec un train en bois.

Il se leva en apercevant Abigail.

Christopher aperçut Tucker et courut vers lui pour entourer ses petits bras autour de sa jambe. Il attrapa le petit garçon et le lança dans les airs. Une fois, puis une autre.

« Abigail, tu connais déjà Ann, mais je ne crois pas que tu aies rencontré ses maris, Andrew et Robert. » Je fis les présentations pendant que Tucker occupait leur fils.

Elle fit un signe de tête aux deux hommes et je la vis tourner doucement la tête. Son esprit était distrait par les raisons de notre visite impromptue, et j'en conclus que ce geste était inconscient. J'avais hâte de la débarrasser de cette manie.

« Je suis tellement contente que vous soyez là. » Ann nous dévisagea Tucker et moi avec un grand sourire et prit la main d'Abigail dans la sienne. « Ces deux-là étaient très impatients de t'entourer. »

Je vis Abigail rougir et Tucker lever les yeux au ciel en secouant Christopher par les chevilles. C'était dans un lit que nous voulions l'entourer. Nue. Seuls. Avec nos queues qui rempliraient sa chatte et son cul. La mienne vint appuyer contre mon pantalon à cette seule pensée. Bientôt. Très bientôt.

« Pardonne le commentaire de ma femme, dit Robert en prenant Ann par la taille. Elle aimerait que tout le monde fasse un mariage heureux.

— Et c'est pour ça que nous sommes là, » répondit Tucker, et redressant le petit garçon avant de le confier à Andrew. De sa main libre, il prit celle d'Abigail. « C'est le moment de nous unir à Abigail. »

Andrew donna une tape dans le dos de Tucker et ébouriffa les cheveux de Christopher. Il était blond comme Ann, mais aussi diabolique que les enfants de son âge, avec un sourire rusé en guise de preuve.

« Tu ne veux pas attendre le dîner pour que tout le monde y assiste ? » demanda Robert.

Je regardai Tucker fixement.

« Non, » fut notre réponse unanime.

Ann essaya de dissimuler un sourire, mais ce lui fut impossible.

« Nous n'attendrons pas une minute de plus, » ajoutai-je.

Je relevai le menton d'Abigail pour plonger dans ses yeux sombres. « Robert est notre juge de paix et va diriger la cérémonie. Tu épouseras légalement Tucker, mais n'aies aucune doute, ma douce, tu seras à moi également. »

Elle répondit d'un petit signe de tête avant de se lécher les lèvres. Je réprimai le grognement que ce simple geste avait fait jaillir.

« Maintenant, Robert, grognai-je. Et la version courte, je te prie. »

Son visage s'adoucit quand il sourit. « Fort bien. »

Je pris la main d'Abigail pour nous relier tous les trois. Elle me regarda en premier, puis Tucker, et enfin Robert. Elle était prête, sans aucun doute.

« Tucker Landry, consentez-vous à prendre Abigail Carr...»

ABIGAIL

J'ÉTAIS MARIÉE. *J'étais mariée !* Pendant tout le discours de Robert, et il ne fut pas long, j'avais pensé à Mr Grimsby. Ce n'est pas cela qui aurait dû remplir mes pensées au moment d'épouser les deux hommes de mes rêves, mais je ne pouvais pas m'en empêcher. Il me restait trois jours pour me rendre à Butte, lui donner la broche de ma mère et sauver Tennessee. Alors seulement je serais libre d'être la femme de Gabe et Tucker. Il n'y aurait plus rien entre nous. Mais me laisseraient-ils seulement quitter leur champ de vision ? Ils étaient très possessifs, et extrêmement attentifs.

Une fois rentrés dans leur maison, ils m'avaient à nouveau conduite dans la chambre de Gabe et là, toute pensée relative à Mr Grimsby s'envola instantanément. J'avais trois jours, mais en cet instant ils étaient à moi. Enfin.

« Tu as déjà embrassé un homme, ma douce ? » demanda Tucker. « Avant tout à l'heure ? »

Je levai les yeux vers ces deux hommes séduisants et secouai la tête. « Non, seulement toi. »

Tucker répondit d'un grognement très masculin.

« Tu sais que nous te ferons pas de mal ? » demanda Gabe en caressant mes cheveux de sa grosse main.

Je penchai la tête pour profiter de son geste et acquiesçai.

« Tu as peur ?

— De ce qui va se passer ? Non. »

Tucker sourit alors que Gabe écarquilla les yeux de surprise.

« Tu n'as pas peur ? »

Je secouai la tête.

« Et pourquoi donc, ma douce ? » s'enquit Tucker.

« Parce que... » Je léchai mes lèvres sèches. « Parce que j'en ai envie. »

Le pouce de Tucker vint se poser sur ma lèvre inférieure pour la caresser. « Tu as pensé à ce que nous allions faire ? Te toucher. T'embrasser. »

Je sentis mes joues rougir, confessant cette vérité. « Je ne peux pas mentir à ce sujet, » dis-je, bien que j'ai pu mentir sur d'autres. « Je ne veux pas vous mentir. Je crois... je crois que mon corps me trahirait. »

Gabe s'avança et glissa sa main le long de mon cou, puis de mon épaule, et enfin de ma taille. Sa main était si grande que son pouce effleura la courbure de mes seins. « Oui, nous pouvons voir tes tétons pointer, même à travers ton chemisier.

— Je... je ne peux pas m'en empêcher. » La main de Gabe reprit sa course, plus haut, caressant mes seins pour de bon. Quand il passa sur mon téton, j'expirai. « Encore.

— Encore ? répéta Gabe, un sourire aux lèvres.

— Je veux vos mains sur moi, soufflai-je. Sans vêtements.

— Oui, M'dame, » dit Tucker, commençant déjà à défaire les boutons de ma chemise. Je levai la tête pour que cette étape soit plus aisée.

Alors que Tucker était à l'œuvre, je le regardai à travers mes yeux mi-clos. « Je peux te toucher ?

— Ma douce, tu n'auras jamais à le demander. »

Quand je posai ma main sur son torse, ses doigts se figèrent un instant et il croisa mon regard que je soutins. Ses yeux clairs s'enflammèrent avant qu'il ait le temps de retirer ma chemise. Sous mes doigts, son corps semblait chaud et il était dur comme du roc. On aurait dit qu'il avait été taillé dans un bloc de marbre.

Je laissai pendre mes bras pour que Tucker puisse déboutonner ma jupe avant de la laisser glisser le long de mes hanches, sur le sol. Je n'entendis même pas un murmure alors qu'ils me regardaient vêtue seulement de ma chemisette, de mes bas et de mes bottes. Tucker saisit le tissu de ma chemisette du bout des doigts et le fit remonter le long de ma cuisse.

« Ma douce, tu ne portes pas de caleçon. »

Je ne savais que répondre. S'il remontait à peine son doigt, ils verraient la quintessence de mon intimité. Je voulais qu'ils le fassent, c'était si excitant. Pour moi, et certainement pour eux également. L'anticipation faisait réchauffer ma peau et s'emballer mon cœur.

Gabe agrippa l'autre côté de ma chemisette et la souleva

à peine, ses phalanges glissant contre ma peau nue. « Et ton corset ? demanda-t-il.

— Je n'en porte pas. Je ne suis pas assez... développée pour en avoir besoin. »

Les deux hommes ne répondirent rien et je les regardai inquiète que leur épouse s'abstienne de porter certains vêtements. « Je vous assure que je suis toujours pudique, » répliquai-je pour apaiser les craintes qu'ils pouvaient avoir.

Avec des doigts experts, ils remontèrent doucement le fin tissu dévoilant mon corps nu. Je regardai leurs visages. Je savais qu'ils pouvaient voir les poils sombres à la naissance de mes cuisses, mon ventre délicat, mes petits seins. Au moment venu, je levai les bras pour qu'ils puissent retirer le vêtement et le jeter au sol. Je restai là, seulement vêtue de mes bas et mes bottes.

« Tu ne seras pas pudique avec nous, » répliqua Tucker, son regard se posant sur chaque centimètre de moi.

Mes tétons réagirent à leur inspection et à l'air qui les caressait. Je me demandai comment il pouvait faire si froid et que je puisse avoir si chaud. Il s'agenouilla devant moi et baissa les yeux sur mon corps, s'arrêtant pour fixer ma chatte. Je connaissais ce terme car une fille de l'école avait raconté que son soupirant l'avait utilisé pour définir l'endroit entre ses jambes. Et Tucker l'avait employé auparavant. Il inspira profondément et un grognement jaillit de sa gorge pendant qu'il entreprit de retirer mes bottes. Je posai les mains sur ses épaules pour garder l'équilibre.

« Elle est mouillée, murmura Tucker, les yeux rivés sur ma chatte plutôt que sur ce qu'il essayait de me retirer. Et l'odeur de son excitation est si douce.

— Je me demande quel goût elle peut bien avoir, » répondit Gabe.

Je le regardai, confuse. Goût ? Je savais que j'étais mouillée, mais quel rapport avec le goût ?

Quand Tucker eut fini, il laissa les bas en place, mais ne se releva pas.

« Je vais m'en rendre compte tout de suite. » Tucker embrassa ma cuisse et remonta doucement là où elles se couvraient de mon excitation. Il sortit sa langue et me lécha.

J'haletai tant ce moment était charnel. Sa langue réchauffa ma cuisse, laissant dans son sillage une vague de chaleur.

« Douce, » répondit-il, et il retourna me lécher davantage. Il s'approcha au plus près de ma chatte mais sans me lécher à cet endroit. Il sourit de ses lèvres luisantes. « De quoi tu as besoin, ma douce ? »

Je réalisai que mes doigts s'enfonçaient dans ses épaules et que j'appuyais mes hanches contre la bouche de Tucker.

« Mais quelle insolente ! » dit Gabe, en s'approchant. Ses grosses mains vinrent empoigner mes seins.

« Oh mon dieu. J'en veux encore. Je t'en prie, » suppliai-je. La rude sensation des paumes de Gabe contre ma peau fit apparaitre de la chair de poule.

« Oui, M'dame, » dit Tucker. On dirait qu'il aimait beaucoup cette expression et qu'il était impatient de s'exécuter. A en juger par la façon dont sa langue arpentait ma chair déjà gonflée, il était *très* impatient.

Sa langue était chaude et experte, tournant en cercle autour de mon petit bouton. C'était tellement différent de quand je me caressais toute seule et Tucker semblait savoir exactement quoi faire, comment l'aspirer pour me faire haleter. Il se retira pour prendre dans sa bouche une de mes lèvres avant de la mordiller. C'était un mélange de petites morsures suivi de grandes vagues de chaleur. Chaud et piquant. Encore et encore.

Et ce n'étaient là que les attentions de Tucker. Gabe jouait avec mes seins, les soupesait, empoignant la chair dense avant de tirer sur mes tétons. Gentiment pour commencer, et commençant ensuite à les pincer.

« Elle aime une pointe de douleur, dit Tucker, mordillant ma chair avant de la lécher.

— Oui, elle vient de déborder sur ma bouche.

— Tu as déjà joui ? » murmura Gabe dans mon oreille en en léchant la courbe déclimate.

Je me léchai les lèvres. « Oui, » murmurai-je en retour.

La couche de Tucker s'arrêta nette sur moi. « Pas avec un homme ? » Je sentis son souffle sur ma peau sensible.

Je secouai la tête et revint m'appuyer contre l'épaule de Gabe.

Tucker grogna en retour et glissa un doigt vers ma virginité. Je montai sur la pointe des pieds, ce qui rendit mes tétons encore plus durs contre les paumes de Gabe.

« Tu vas jouir pour nous ma douce. Nous voulons voir ton plaisir. Après ça, nous te baiserons. »

Tucker retira sa bouche pour parler et j'en gémis. Il lécha l'intérieur de ma cuisse tout en continuant d'enrouler son doigt autour et à l'intérieur de ma chatte. La brulure provoquée par ce seul doigt me fit me demander comment je pourrais les prendre tous les deux. Vu la taille de la bosse que j'avais aperçue dans le pantalon de Tucker, c'était une vraie question.

« Elle est tellement étroite, » dit Tucker.

Les hanches de Gabe vinrent appuyer contre le bas de mon dos, et je sentis les contours de sa queue. Oh non, elle ne rentrerait pas. Certainement pas.

« Je t'en prie, » soupirai-je.

Ils sauraient quoi faire si cela ne fonctionnait pas. C'était bon de garder ce mystère. J'étais tellement perdue, entre leurs mains et sa bouche. Ma peau était voilée de sueur ; mon souffle n'était plus que de petits halètements. Je ne pouvais plus bouger, maintenue en place par les mains de Gabe et le doigt de Tucker en moi.

« Ton clitoris est tout dur. Il est sorti de son repaire. » Il passa sa langue dessus et je tremblai dans les bras de Gabe ; « Si sensible. C'est le moment de jouir, ma douce. »

Oh oui, je t'en prie.

La langue de Tucker décrivait de petits cercles autour et sur mon clitoris, me poussant de plus en plus loin. Les doigts de Tucker vinrent pincer mes tétons, à peine, mais ensuite Tucker aspira mon clitoris, sa langue tournant autour et alors Gabe les pinça plus fort.

J'explosai, criant, mon corps se mettant à trembler comme pour échapper à leur étreinte. Le plaisir était si intense que je ne sentais plus mon propre corps. Je flottais, je volais.

Gabe relâcha mes tétons mais continua à empoigner mes seins, les serrant gentiment. Tucker lécha ma chair attendrie, mais tout aussi délicatement, me laissant redescendre de mon plaisir.

« Oh mon dieu, soufflai-je. Cela n'a rien à voir avec ce que j'ai pu me faire toute seule.

— Tu t'es fait jouir, n'est-ce-pas ? » demanda Tucker, d'une voix sombre et profonde. Rauque.

« Si belle, murmura Tucker. Tu jouis facilement, tu es si réactive. Pour nous. »

Tucker se rassit sur ses talons et utilisa le revers de sa

main pour s'essuyer la bouche. Même avec ses yeux mi-clos, je soutins son regard clair en me calmant.

« Dis-nous, ma douce, tu te donnes du plaisir toute seule ? »

Les mains de Gabe glissèrent le long de mon corps pour se poser sur ma taille.

« Oui. » Je ne pouvais pas mentir. Je n'en avais pas envie. Pas pour ça en tout cas. Cela ne semblait pas les contrarier. Ils ne m'avaient pas traitée autrement que d'insolente. J'aimais ça, surtout qu'ils étaient les deux seuls à savoir que j'avais fait cela.

« Comment ? » demanda Gabe. Une de ses mains glissa le long de mes boucles et sa posa sur ma chatte. « Tu t'es touchée à cet endroit ? » Son autre main descendit le long de mes fesses et au-delà, vers cette autre zone interdite. Il tapota une fois ce petit trou indompté, puis une autre. « Là ? »

J'haletai. Tucker me regardait avec intensité, la mâchoire serrée. Je pouvais voir mon excitation briller sur son front.

« Oui... et non.

— Montre-nous, » dit Tucker.

Avant que je ne pus répondre quoi que ce soir, Gabe m'avait soulevée dans ses bras et déposée au centre du lit. Tucker se leva et attrapa le pied de lit tout en regardant. Avec un geste du menton, il répéta, « Montre-nous. »

Je les regardais tous les deux. Ils étaient complètement habillés alors que j'étais nue et exposée. C'était un sentiment aussi audacieux que décadent. Ils m'avaient fait jouir avec une telle dextérité. C'est à cela que j'avais pensé quand je les avais croisés au pique-nique. Cela ne faisait vraiment que quelques jours que j'étais rentrée ? J'avais eu envie qu'ils me touchent comme ils venaient de le faire. Des regards de braise, des mâchoires serrées, des muscles tendus comme s'ils se retenaient de ne pas se jeter sur moi.

« Sois gentille, ma douce, montre-nous, dit Tucker.

— Et si je ne veux pas ? » Ils pouvaient voir mon sourire impertinent.

Gabe pointa son doigt. « Tu auras les fesses rouges et un gode dans le cul. Alors tu vas écarter les jambes et nous montrer comment tu te fais jouir. »

9

BIGAIL

Il haussa les épaules en regardant son frère. « Peut-être que nous devrions commencer par ça ? »

Tucker acquiesça. « Je suis d'accord. »

Je m'assis, surprise. « Quoi ? C'était pour rigoler. »

Tucker fit le tour du lit et me rallongea sur le dos. Je rebondis contre les couvertures douces. Avant que j'aie le temps de faire autre chose que de pousser un cri, il agrippa mes hanches et me fit rouler sur le ventre. Une autre paire de mains remonta ma taille, et je me retrouvai à quatre pattes.

« Qu'est-ce-que vous—

— Attrape la tête de lit, ma douce. » Tucker embrassa mon épaule alors que j'avançai pour saisir la ferrure froide. Tournant la tête, je le regardai dans les yeux. J'y lus autant de joie que d'humour. « Fais nous confiance, tu vas adorer ça. »

Je n'en étais pas sûre, mais ils n'avaient rien fait pour que j'en doute.

« Je ne veux pas d'une autre fessée, » clarifiai-je.

Tucker me fessa une seule fois et tout doucement. Je remuai des hanches, plus de surprise que de douleur. Cela n'avait fait pas fait mal du tout, à peine un picotement sur mon derrière. Les zones que Gabe avait fessées tout à l'heure étaient toujours sensibles et chauffaient facilement. Elle se diffusait dans tout mon corps.

Tucker continua à donner de petites tapes contre mes fesses et j'y trouvais un plaisir grandissant. Ce n'était pas une punition. Ça n'y ressemblait pas, surtout vu sa manière de se pencher vers moi et de m'embrasser dans le cou comme il le faisait. Quand je me tournai pour le regarder, il releva la tête et m'embrassa sur les lèvres. Sa main toujours posée sur le dessus de mes fesses. Sa langue se faufila dans ma bouche et je sentis mon propre parfum. Doux et musqué. Le baiser se poursuivit, les lèvres de Tucker apprenant chacune de mes courbes. Ce n'est qu'en sentant une seconde main sur mes fesses que j'haletai en mettant fin au baiser. Je vis Gabe un genou posé sur l'autre bout du lit. Il tenait dans sa main un petit objet enduit de quelque chose de brillant et glissant.

« C'est un gode pour ton cul. Nous allons te baiser là. Un dans ta chatte, l'autre dans ton cul, sourit Gabe. Tu vas aimer ça. Ce gode t'aidera à te préparer.

— Maintenant ? » Je commençai à paniquer à l'idée de leurs queues hors gabarit s'introduire là. Je ne pensais déjà pas qu'elles rentreraient dans ma chatte, alors là.

« Pas de panique. Pas aujourd'hui. Pas avant que tu sois prête.

— Gabe, » dis-je d'une voix hésitante. Je n'en dis pas plus, il savait que j'avais des doutes, quoi qu'il puisse dire.

« Chut... » susurra-t-il en baissant les yeux. Je sentis le petit objet appuyer contre mon petit trou. Le froid me fit bondir, mais avec leurs mains sur mes fesses, impossible de bouger. Tucker tourna la tête et m'embrassa encore. J'étais ravie de cette distraction. Mon corps s'adoucit sous les mouvements de ses lèvres et Gabe m'ouvrit délicatement. Il prit son temps et à grand renfort des gestes tendres, glissa la petite pointe de l'objet en moi, me laissant apprécier une douce brulure mêlée de plaisir aveuglant. C'était très sensible.

« Voilà, Abigail. C'est bien. Il rentre si facilement. Je parie que c'est étrange mais aussi très bon. »

Je gémis contre la bouche de Tucker parce que c'était effectivement bon. Pourquoi, je n'en avais aucune idée. Cela ne devrait pas être si bon. Gabe ne devrait pas avoir raison. Je ne devrais pas aimer ça, mais on aurait dit que j'avais envie de ce que tous ces deux-là me proposeraient.

Et d'un seul coup, le gode s'installa en moi et je sentis sa large base le maintenir en place. La main de Gabe glissa entre mes cuisses.

« Tellement mouillée, » murmura-t-il en touchant ma chatte pour la première fois.

Tucker leva la tête et mes lèvres picotaient tant elles étaient enflées.

« Touche-toi, murmura-t-il, ses yeux plongés dans les miens. Mets-ta main entre tes cuisses et fais-toi jouir. »

Je lâchai une main de la tête de lit et avançai l'autre entre mes jambes où les doigts de Gabe étaient déjà glissants de mon excitation. Il les retira et je sentis la chair tendre. Je ne m'étais jamais trouvée si mouillée, si gonflée. Posant mes doigts sur le petit bouton détendu, je le pressai et tournai autour comme j'en avais l'habitude. Je fermai les yeux en penchant la tête. Je retrouvais les sensations que j'avais ressenties seule dans mon lit, mais en mieux. Mes doigts et l'objet dans mon cul rendait le tout plus intense. Le doigt de Tucker il y a encore quelques minutes laissait ma chatte encore vierge le réclamer. C'était comme si on me titillait, surtout avec la main de chacun de mes hommes sur mes seins pour jouer avec.

Cela ne me prit pas longtemps, sachant qu'ils me regardaient. J'arquai le dos en criant, les murs de ma féminité se resserrant alors que je jouissais.

Haletant, je laissai tomber ma tête entre mes bras.

J'entendis les hommes retirer leurs vêtements mais n'ouvris les yeux qu'en sentant le lit ployer sous leur poids. Je regardai d'abord Gabe, tout bronzé et sombre. De fines lignes menaient vers une queue très très grosse. Un fluide clair perlait à son extrémité, et quand il en agrippa la pointe, il l'essuya avec son pouce.

« Nous aurions bien attendu avant de mettre ce gode dans ton cul, mais tu n'as rien d'une vierge effarouchée. »

Je serrai la tête de lit en entendant cette supposition infondée. « Je... je suis vierge, » répondis-je, désespérée de leur montrer que je leur appartenais à tous points de vue.

Gabe sourit et caressa mes cheveux de sa main. « Bien sûr que tu l'es, mais tu es aussi très passionnée et tu aimes ce que nous te faisons. »

Tucker posa un genou sur le lit et je tournai la tête vers lui. Son corps était costaud, tout comme sa queue.

« Nous étions inquiets que nos appétits sexuels t'impressionnent, mais je pense que tu suivras le rythme. Je vais te baiser avec le gode en toi. Ça va être tellement serré, tellement bon. Chacun de tes neurones va s'éveiller et tu vas jouir tellement fort. »

Je lâchai la tête de lit et me tournai vers lui. « Je ne crois pas que tu vas rentrer, » avouai-je, inquiète à ce qu'ils s'apprêtaient à faire.

Il agrippa les avant-bras et m'embrassa sur le front. « Tu es tellement douce, détendue et mouillée maintenant et tu as envie de nos queues. Je ne pense pas que ta virginité soit encore là, ma douce. Quand j'ai glissé mon doigt en toi tout à l'heure, il s'est enfoncé bien profond. »

Je fronçai les sourcils en entendant ces mots. « Mais... je suis–»

Gabe se serra contre moi, son corps chaud contre le mien. J'étais entre eux deux. Mon dieu, cette chaleur était incroyable. « Nous savons que tu es vierge. Cela va nous simplifier les choses. Pour nous tous. Tu ne devrais ressentir aucune douleur pour ta première fois.

— Rien que du plaisir. »

Tucker acquiesça et prit ma main dans la sienne, pour la remettre sur la tête de lit. Gabe se retira et Tucker prit sa place, se déplaçant pour arriver juste derrière moi, une main posée sur moi, l'autre occupée à aligner sa queue dans l'axe de ma chatte.

« Doucement ma douce. »

Sa voix était douce, tendre et pour cela, je me détendis, la chaleur de son corps appuyant contre le bas de mon dos. La toison de son torse picotait ma peau alors que la grosse tête de sa queue glissait contre mes lèvres pour se frayer un passage en moi.

« Oh, » expirai-je. En sentant s'écarter ma chair tendre. Il était gros et j'étais étroite. Mais c'était bon.

Poussant davantage, il commença à me remplir. Par petites vagues, jusqu'à ce qu'il soit complètement rentré. Sa queue était passée, entièrement. Ils avaient raison, pas de douleur, pas de virginité.

L'autre main de Tucker vint se poser sur la mienne, son corps tout entier était ainsi au contact du mien.

« Tout va bien, ma douce? » demanda Tucker. Il se retint le temps que je réponde et je sentis son souffle chaud sur ma nuque.

Doucement, je détendis tous mes muscles, mêmes ceux de ma féminité qui s'enroulaient autour de sa queue. Comme si cela allait l'arrêter. Mais je devais m'habituer à être ainsi remplie. C'était une sensation étrange, mais agréable. Non, plus qu'agréable. Je soupirai et il se glissa encore un peu plus loin.

« Oui, expirai-je en hochant la tête. Je vais bien.

— Tu as mal ? » demanda-t-il en m'embrassant sur l'épaule. Il était si patient, mais si je savais qu'il mourrait d'envie de bouger. Sa queue était tellement dure pour moi. Et à en juger par la manière dont j'étais écartée, elle devait l'être encore plus.

Je secouai la tête, et l'espace d'un instant, la réalité me rattrapa. « Mais... vous... vous me prenez comme ça pour ne pas voir mon visage ? »

Le corps tout entier de Tucker se figea. Il était déjà presque immobile mais il s'arrêta même de respirer. « Je te prends de cette manière pour pouvoir secouer le gode qui est en toi. » Il lança ses hanches en avant et fit ce qu'il avait dit. Je répondis d'un sifflement à cette sombre sensation. « Je vais faire en sorte que tu aies l'impression de te faire baiser par là en même temps. Tu vas adorer quand nous te prendrons tous les deux ainsi, mais nous ne le ferons pas avant que tu sois prête. Et aussi, je te prends par derrière pour te toucher où je veux. »

Il avança sa main libre entre mes jambes et tourna gentiment autour de mon clitoris. « Comme ça. » Son autre main vint empoigner mes seins. « Et comme ça.

— Pince son téton, dit Gabe à son frère. Elle aime ça. »

Ce que fit Tucker, et la pointe de douleur se mua en un plaisir qui atteignit mon entrejambe que je refermai sur lui.

« Hum... en effet. Elle vient de déborder sur moi. »

Je soupirai dans ses bras. Ce n'était pas à cause de la cicatrice. Cela ne lui était même pas venu à l'esprit. Rien que du plaisir, il avait dit. Je me sentais... entourée et succombai. « Oui ! »

Les doigts de Tucker glissèrent de part et d'autre de mon clitoris alors qu'il se retira presque entièrement de moi avant de revenir. Il grogna et j'en sentis les vibrations dans mon dos. La sensation de lui en moi m'emmena aux portes du plaisir. Ils m'avaient tellement excitée que je ne tiendrais pas longtemps.

« Regarde Gabe, ma douce. Il te voit me prendre tout entier. »

Tournant la tête, je jetai un œil à Gabe. Il avait les yeux mi-clos, les lèvres rougies et les joues écarlates. Il attendait, se préparait.

C'était tellement charnel, tellement décadent que je ne pus plus me retenir. Je n'en avais pas envie. Je me resserrai sur la queue de Tucker et je jouis, comme ça. Les yeux grands ouverts, surprise par cette soudaine vague de plaisir.

« Merde, elle a joui comme ça, juste autour de ma queue, grogna Tucker en resserrant sa main sur la mienne.

— Je sais. Elle a joui en me regardant, » ajouta Gabe, sa voix pleine de surprise alors qu'il commençait à se caresser un peu plus vite.

J'avais fermé les yeux et la chaleur fulgurante m'avait essoufflée. Tucker avait raison. Tout en moi venait à la vie, partout où sa queue ou bien le gode venait se poser. Les mouvements picotaient, réchauffaient et me trempaient d'un plaisir délicieux. Cela n'avait rien à voir avec mes expériences solitaires.

« Je ne peux pas me retenir plus longtemps. » Tucker embrassa ma nuque en descendant sur ses genoux, ses mains venant se poser sur mes hanches. Et c'est alors qu'il me prit.

Jusqu'alors, je m'étais contenté de m'ajuster à lui. Je n'étais plus vierge et il allait me montrer exactement comment baiser.

C'était ça que j'avais si longtemps attendu. Je ne savais même pas qu'une femme pouvait se faire prendre par derrière, mais mon dieu, j'adorais ça. Ce n'était pas rude, mais ce n'était pas tendre non plus. Il ressortait complètement à chaque fois et replongeait de plus belle, ses hanches heurtant mon derrière. Et il me prit encore et encore jusqu'à ce que ses doigts se raidissent, que je sente sa queue enfler et qu'un sombre grognement ne jaillisse de sa gorge. Je sentis les salves de sa semence me remplir.

Je n'avais pas joui de nouveau mais il avait gardé mon désir bouillonnant. J'haletais autant qu'il était dur et j'adorais l'avoir rendu comme ça, de sentir que mon corps était assez attirant et que j'étais assez bonne pour le faire jouir lui-même. Quand il se retira et recula, je m'effondrai sur le lit, sa semence s'échappant de moi.

« Ce n'est pas terminé, ma douce, » murmura-t-il.

Un autre corps ferme apparut sur moi et il m'embrassa brièvement avant de me faire rouler. « Avec deux maris, attends-toi à être très occupée. »

J'ouvris les yeux, c'était Gabe. Impossible de retenir un sourire. Il m'embrassa, sa barbe douce un peu piquante. Il avait un autre goût, une autre odeur. Il était différent. Je m'ouvris pour lui et m'installai pour qu'il puisse se poser sur moi. Les poils de son torse caressèrent mes seins et alors que sa main vint se poser à l'arrière de ma tête, son pouce vint essuyer la sueur de mon front avant de descendre sur les contours de ma cicatrice. Il ne l'ignorerait pas et il tenait à me le faire savoir. Il bandait toujours, son envie intacte.

Avec son genou, il écarta les miens et je sentis sa queue à l'entrée de ma chatte. Il ne s'arrêta pas de m'embrasser en me pénétrant facilement. Je frémis à cause de sa circonférence. Mes tendres tissus à l'intérieur étaient écartés. Bien que je puisse lire la sombre chaleur dans ses yeux, je pouvais aussi y voir de la tendresse. Il me baisait tendrement comme si j'étais en verre et qu'il ne voulait pas me briser.

« Je t'en prie. » Je remuai des hanches au rythme de ses mouvements. « Plus. »

S'aidant de ses mains, il se redressa. Ses yeux sombres étaient presque noirs. L'intensité de son envie avait fait de l'homme tendre et presque doux un personnage viril et puissant.

« Plus fort ? »

J'acquiesçai en me mordant la lèvre.

Il se retira.

« Non ! criai-je, agrippant ses épaules pour le ramener vers moi.

— Je ne m'en vais pas, mais si tu veux baiser plus fort, je dois retirer le gode. »

Il se rassit sur ses genoux et le retira doucement de mon corps. Je soupirai quand il l'eut libéré. Resserrant les parois de ma féminité, je me sentis vide. Partout.

« Je t'en prie, » murmurai-je. J'avais besoin de lui en moi. Sur moi. Comme il avait dit.

Il se remit en place et baissa la tête pour m'embrasser encore.

« On ne peut rien te refuser… aujourd'hui. Tu penses peut-être que tu es aux commandes, mais ne prends pas notre gentillesse pour de la faiblesse. »

Je ne compris pas exactement ce que cela voulait dire, mais il se fondit en moi dans un grand geste et mon esprit se mit en veille. Plaçant sa main derrière mon genou, il m'ouvrit encore pour lui, avant de se retirer pour me prendre encore plus profond.

Je criai en le sentant aussi loin, stupéfaite que sa queue hors norme puisse passer. Ses couilles venaient fouetter mes fesses, attendries par la fessée de tout à l'heure. Le gode m'avait aussi rendue plus sensible.

« Tu es toute glissante de la semence de Tucker, » dit Gabe. Il serra les dents, et de la sueur perlait de son front. « Je ne durerai pas longtemps. Tu es si étroite, si chaude. »

Il commença à remuer ses hanches, de plus en plus vite et le bruit de ses frappes résonna dans la pièce. Mes seins se balançaient, et chaque geste me faisait bouger dans le lit.

Toutes les zones que la douce baise de Tucker avait réveillées étaient stimulées par les gestes plus agressifs de Gabe. Mon corps n'avait d'autre choix que céder à ses assauts, si durs et si forts. C'est ce que je voulais… ce dont j'avais besoin. Je ne pus retenir mes cris de plaisir, pas plus que l'orgasme qui déferla en moi. J'ouvris la bouche et criai son nom pendant que mon corps se refermait en pulsant sur la queue de Gabe.

« Merde, elle aspire ma semence. » Gabe donna un dernier coup, puis un autre avant de crier sa libération. Enfoui bien profond, il vint mêler sa semence à celle de Tucker. J'étais repue, mon corps rincé de tout le plaisir que mes maris en avaient arraché. Ils l'avaient fait facilement. Mais je n'étais plus qu'une forme sans force et sans esprit. Je remarquai à peine quand Gabe se retira où quand ils m'allongèrent sous les couvertures. Je m'endormis alors, heureuse, satisfaite et délicieusement irritée, excitée que le fait d'être leur femme dépasse mes rêves les plus fous.

10

UCKER

« Bonjour, ma douce. »

Abigail remua sur moi. En dormant, elle était venue se lover dans mes bras jusqu'à ce que sa tête repose dans le creux de mon épaule, son corps contre le mien. Elle avait jeté une de ses jambes par-dessus les miennes et je sentais la chaleur de son intimité contre ma cuisse. Je m'étais réveillé à l'aube et m'étais délecté dans sa douceur, passant mes doigts dans ses longs cheveux alors qu'elle dormait toujours. Bien que nous l'ayons épuisée avec une bonne baise, elle nous avait stupéfaits.

Une telle passion n'était pas vraiment une surprise, mais était tellement impatiente et ouverte. Elle avait montré de la peur, pas de l'inquiétude à l'idée de perdre sa virginité. J'étais d'ailleurs soulagée que nous n'ayons pas eu barrière à franchir. Pas de douleur. Que du plaisir.

Nous avions imaginé tout lui apprendre sur la baise, d'être avec deux hommes. Prendre notre temps et la laisser s'accoutumer à cette idée d'être avec nous, aux choses que nous voulions faire avec elle. Mais elle le voulait aussi. Sincèrement, désespérément. Elle avait douté de la fessée mais rapidement appris qu'elle aimait ça, au moins quand ce n'était pas une punition, et j'étais content de lui avoir montré la différence. Même le gode dans son cul. Nous nous attendions à des larmes et des semaines de câlineries avant de lui faire accepter que nous allions la prendre par-là, mais Abigail en avait envie. Elle adorerait ça.

Ma queue pulsa en se remémorant comme elle était étroite, avec le gode rivé dans son cul.

Et sa capacité à jouir ! Elle était tellement réactive, si sensible.

Abigail se raidit un moment avant de se détendre contre moi. Elle était réveillée. « Tucker.

— Tu n'as pas l'habitude d'avoir un homme dans ton lit le matin ? »

Elle n'avait pas intérêt.

« Où est Gabe ? demanda-t-elle, d'une voix pleine de sommeil.

— Dans l'étable. Il a dit que tu devrais l'y retrouver à ton réveil. »

Elle regarda par la fenêtre. « Le soleil est déjà haut. Combien de temps ai-je dormi ?

— Longtemps, » répondis-je, mais sans lui donner l'heure exacte. Peu importait. Je n'avais jamais dormi aussi tard de toute ma vie, pas plus que je ne m'étais réveillé avec une femme dans mon lit. Hormis les épouses de Bridgewater, aucune femme n'avait visité notre maison.

Mais Abigail était là, dans mes bras où était sa place. Je

ne pus retenir la fierté masculine qui pulsait dans mes veines. Elle était satisfaite et nous l'avions épuisée. Elle n'avait pas l'habitude des attentions d'un homme, sans parler de deux, et elle devait se reposer. Surtout si nous avions pour projet de la prendre encore. Et vu comme ma queue bondissait déjà à cette idée, cela pourrait être dès maintenant. « Irritée ? »

Son doigt décrivit de petits cercles sur mon torse, geste qui, quoique sage, me donnait envie de me fondre en elle sur le champ. « Pas vraiment. »

Je ne pensais pas qu'elle était sincère en disant cela, mais vu comme elle se frottait déjà contre ma cuisse, cela ne semblait pas la déranger.

Moi, si pourtant. Je ne voulais pas lui faire de mal. Elle n'avait peut-être pas eu de virginité à franchir, mais son corps n'avait pas l'habitude de se faire prendre par deux grosses queues. Et par un gode. Elle devait être gonflée et attendrie.

« Tu as envie de jouir, ma douce ? »

Elle leva la tête et posa son menton sur ma poitrine. Son visage était adouci par la nuit de sommeil et avec ses cheveux sauvages, elle avait l'air bien repue. « Hum... oui je t'en prie.

— Mais quelle allumeuse, » grognai-je.

J'adorais son ouverture d'esprit, la sincérité dans ses yeux. Elle ne se cachait pas de ses propres désirs, et je voulais l'en récompenser.

Je la roulai sur le dos et me penchai sur elle. Aucune hésitation ou embarras de sa part, elle ouvrit les jambes pour moi. Je grognai en glissant un doigt en elle. « Je sens notre semence. Tu sais à quel point ça me fait bander ? »

Elle ronronna et arqua le dos sous mon toucher délicat.
« Je peux la sentir. » Elle sourit largement en s'étirant.

Je glissai le long de son corps et léchai la chair tendre.

« Tucker ! » cria-t-elle. Elle ne s'attendait pas à ça. Bien qu'elle soit si ouverte et si impatiente, elle n'en restait pas moins innocente.

Sa peau était chaude et ardente, et je la léchai encore. « Tu as un goût différent après ce que nous avons fait. »

Elle avança ses deux mains sur ma tête qu'elle tira pour m'attirer contre elle pendant que je trouvais son clitoris. Je tournai autour avec ma langue.

Ma queue en érection appuyait contre le lit et je remuai des hanches pour lui laisser de la place. Je me glisserais en elle après l'avoir fait jouir, mais pas dans sa chatte.

Elle cria dans un mélange de surprise et de plaisir décadent, et je sus que c'était dans sa bouche que je me retrouverais bientôt.

ABIGAIL

Je me rendis seule à l'étable. Tucker m'avait baisée et nourrie. Ou plutôt, il ne m'avait pas baisée comme ils l'avaient fait la nuit dernière, mais après avoir posé sa bouche sur moi jusqu'à me faire jouir—d'une façon particulièrement charnelle—il m'avait fait mettre à genoux sur le sol avant de mettre sa queue dans ma bouche. Il avait été gentil et patient, m'apprenant comment faire. D'une main à l'arrière de ma tête, il m'avait guidée pour lécher sa grosse tête, lapant le fluide clair qui s'en échappait par la fente étroite.

Après, il m'avait fait l'engloutir autant que je le pouvais. Et encore, jusqu'à ce gonfler incroyablement plus dans ma bouche et que je sente sa semence sur ma langue.

Après avoir tout avalé, il avait passé son pouce sur le coin de mes lèvres pour en récupérer une goutte que j'avais avidement léchée. Il m'avait redressée entre ses jambes écartées. Je m'étais sentie aimée, pas seulement physiquement, mais émotionnellement aussi. Vu le sourire sur ses lèvres, il était content et satisfait.

Mais en me rendant à l'étable à travers les hautes herbes, je me souvins d'un problème que je n'avais pas encore résolu. Mr Grimsby. Il faudrait que j'abandonne Gabe et Tucker pour retourner à Butte. Je savais qu'ils refuseraient que j'y aille si je leur demandais, tout comme James avait refusé que je voyage seule.

Et s'ils venaient avec moi, ou à ma place, ils pourraient être blessés. Je frissonnai. En imaginant Mr Grimsby agiter son pistolet devant moi et tirer sur un de mes hommes. Oui, ils étaient à moi, comme j'étais à eux. Je pouvais y aller seule. Mr Grimsby ne voulait pas de moi. Il me trouvait repoussante à cause de ma cicatrice. Je lui donnerai juste la broche et repartirais, avec Tennessee.

Il ne me restait plus que deux jours pour la sauver, alors il me faudrait partir bientôt. Mais que penseraient-ils de moi en entendant la vérité ? Je n'avais pas menti à propos des ennuis de Tennessee, je leur avais juste cachés. Je ne pouvais qu'espérer qu'à mon retour, ils comprendraient. Je venais en aide à une amie... pour leur sécurité.

Quand Gabe vint m'accueillir dans le long couloir central de l'étable, je savais qu'ils me détesteraient. Je ne verrais plus la lueur satisfaite dans ses yeux, la sombre promesse de ce qu'ils pouvaient me faire avec leurs mains, leurs bouches et leurs queues. Cela me prit un certain temps pour reluquer ses larges épaules, sa taille fine et ses muscles puissants. Je connaissais son corps, son odeur, comment il embrassait, comment il baisait. Ce savoir était intime, et j'adorais cette sensation. Cette proximité. C'était différent de toute autre relation. C'était plus que ça. C'était de l'amour.

Réchauffée par son doux baiser, je ravalai mes inquiétudes quant à leur réaction quand je me rendrais à Butte. Je laissai s'envoler ces pensées un rien moins que plaisantes.

« Bien dormi ? » demanda-t-il.

Je levai la main et passai mes doigts dans sa barbe en acquiesçant. Elle était douce et si différente de la joue lisse de Tucker. J'aimais leurs différences, l'un plus tendre, l'autre plus demandeur. Ils étaient comme sel et poivre, mais c'est ainsi que je les désirais.

« Irritée ? » demanda-t-il en scrutant ma réaction.

Je levai les yeux, mais son inquiétude était agréable. « Tucker m'a déjà posé la question.

— Vraiment ? » Il frotta ses phalanges contre ma joue.

« Hum, répondis-je. Et je lui ai dit que non.

— Alors quoi ?

— Alors quoi ? » répétai-je confuse.

Je rougis ardemment. « Alors il m'a fait jouir avant de mettre sa queue dans ma bouche. »

Il plissa les yeux sombres. « Ah vraiment ? répéta-t-il.

— Coucou. »

Je me retournai avec Gabe en voyant trois hommes venir à notre rencontre.

Ils étaient aussi costauds que Gabe et Tucker, comme si Bridgewater ne produisait que des hommes de ce gabarit.

« Nous sommes venus rencontrer ta dame, » dit celui du milieu.

Gabe passa un bras autour de ma taille. « Rhys, Simon et Cross, voici Abigail, mon épouse.

— Salut, et celle de Tucker. » Celui du milieu avait parlé de nouveau. Simon. Il avait un accent écossais et un grand sourire.

« Olivia est leur femme, me dit Gabe.

— Oui, nous avons fait connaissance au pique-nique de la semaine dernière. Je suis navrée que nous n'ayons pas pu faire les présentations. » Je regardai autour de moi. « Elle est avec vous ? »

Cross secoua la tête. Il sourit brièvement. « Elle se remet de nos attentions de ce matin. »

Je savais ce qu'il voulait dire, en ayant eu ma part moi aussi. Et pourtant, je rougis.

« Si elle veut un bébé, alors il nous faut garder sa chatte pleine de notre semence, » ajouta Rhys, ses mots teintés d'un bel accent britannique. Je reconnus le sourire d'un sujet mâle aussi satisfait que possessif.

Je n'avais jamais entendu personne parler aussi ouvertement d'avoir un enfant et des moyens d'y parvenir.

Gabe me regarda de haut, les sourcils froncés. « Peut-être avons-nous fait un bébé la nuit dernière ? »

J'en ouvris grand la bouche, réalisant que c'était une possibilité. D'après ce qu'avait dit Tucker, leur semence était toujours en moi.

Je le regardai encore un moment avant de me retourner vers les autres. « Ravie de vous rencontrer. » Je n'allais pas répondre à la question de Gabe que je considérais purement rhétorique.

« Vous vous joindrez à nous pour le déjeuner ? »

demanda Cross. D'après son accent, ce devait être lui l'Américain de leur trio.

« On ne vous a pas vus pendant les trois jours suivant votre mariage avec Olivia, répliqua Gabe. Vous pensez vraiment qu'on va venir ? »

Cross sourit. « Nous sommes trois, il a fallu trois jours. Vous n'en aurez que deux. » Tous rirent à cette allusion, leur éclat résonnant dans l'étable. J'en étais un peu embarrassée. Ils taquinaient Gabe—et Tucker par défaut—plus que moi, alors je le pris bien.

« Alors je ferais bien de me mettre au travail. » Gabe serra mon épaule et me regarda. « Je pense que Tucker et moi devrons faire de même, Rhys. Si nous voulons un bébé, nous devrons garder la chatte d'Abigail bien remplie. »

J'haletai et me tournai vers mon mari. Avant que je puisse articuler un seul mot, il se pencha et me jeta par-dessus son épaule.

« Gabe ! Laisse-moi descendre. Je frappai son dos de mes poings.

J'entendis rire les autres hommes alors que Gabe m'emmenait dans l'étable. Il ferma la porte d'un coup de pied avant de me reposer.

« C'était embarrassant ! » criai-je. Nous étions dans une sellerie, des mors et des rênes ainsi que d'autres accessoires pour cavaliers étaient accrochés au mur. L'odeur des chevaux et de cuir flottait dans l'air.

Gabe haussa les épaules. « C'est coutume à Bridgewater. Nous prenons soin de nos épouses et de leurs besoins.

— Et mon besoin était que tu ne dises pas aux autres que nous allions baiser. »

Ses yeux s'embrasèrent ? « J'aime la façon dont tu dis baiser.

— Gabe, répliquai-je.

— Olivia veut un enfant, et c'est le rôle de ses hommes de lui en donner un. Ils sont mariés, alors ce n'est pas un secret qu'ils baisent. Tout comme ce n'est pas un secret que c'est ce que nous faisons aussi avec Tucker et toi. »

Je m'adossai au mur et appuyai mes doigts contre le bois frais. « Oui, mais ce n'est pas la même chose d'en parler ? »

Gabe s'approcha. « C'est le cas ici. Ça suffit. Ta chatte en a envie ? »

J'ouvris grande la bouche tout en resserrant les muscles de ma féminité. Même après avoir joui il y a si peu de temps par la bouche de Tucker, j'en avais encore envie.

« Si Tucker n'a fait que lécher ta chatte, alors il ne l'a pas remplie, dit-il. C'est parce que tu es irritée ? »

Je secouai la tête, mon corps se réchauffant sous ses mots charnels.

« Alors il a dû vouloir te gouter. Je ne peux pas dire que je lui en veux. Mais ma queue a envie de te sentir jouir autour d'elle encore une fois. »

Oh oui, clairement. Je me léchai les lèvres et acquiesçai. Il s'approcha et posa son avant-bras contre le mur à côté de moi.

« Pas ici, cela dit. Il n'y a pas de lit, répondis-je en regardant à droite et à gauche.

— Nous n'en avons pas besoin, » répliqua-t-il en ouvrant son pantalon et en sortant sa queue impatiente. Relevant le tissu de ma robe, il me souleva. « Enroule tes jambes autour de ma taille. Oui, c'est ça. Mon dieu, j'adore que tu ne portes pas de caleçon.

— Tucker ne m'a pas laissée, » grommelai-je.

Il changea de position pour s'installer à l'entrée de ma chatte.

« C'est parfait, comme ça je peux faire... ça. »

Il s'appuya contre moi et me remplit doucement. S'écartant d'un pas du mur, il se pencha sur moi et me prit fort, me baisant pour de bon, et me remplissant finalement de sa semence comme il l'avait promis.

11

BIGAIL

J'étais bien réveillée et j'écoutai leur respiration discrète alors qu'ils m'entouraient. Je fixais les ombres au plafond. C'était le milieu de la nuit et j'aurais dû être profondément endormie vu qu'ils avaient tous les deux été plutôt téméraires avec moi toute la soirée. Gabe avait voulu vérifier par lui-même ce que j'avais appris avec Tucker et m'avait mis sa queue dans la bouche. Et pendant que je l'avais sucée, toute vibrante et gonflée, Tucker m'avait prise par derrière. Avec un gode entre les fesses. C'était la première fois que j'avais deux vraies queues en moi en même temps et j'avais l'impression que ce ne serait pas la dernière.

Le gode était toujours enfoncé en moi, et leur semence était collante entre mes cuisses. Bien que mes hommes me gardent très occupée et satisfaite et que j'aurais dû être épuisée, j'étais rongée par la culpabilité et l'inquiétude. Je devais leur dire la vérité. Toute la vérité. Il le fallait. Ils devaient savoir pour Mr Grimsby et ses menaces. Je ne voulais pas qu'ils soient en danger mais je ne pouvais pas plus me rendre à Butte sans leur dire. L'inquiétude et la gentillesse qu'ils m'avaient montrées n'avait d'égale que leur ardeur. Je me sentais chérie et désirée. Aimée, tout autant qu'émoustillée. Bien qu'ils n'aient pas prononcé le mot avec un grand A, je le ressentais dans chacun de leurs gestes, le voyais dans chacun de leurs regards pénétrants.

Ce serait le pire affront que je pourrais leur faire si je me rendais à Butte sans explication. Mon dieu, ils penseraient peut-être même que je les aurais quittés. L'idée de leur faire du mal me fit monter une boule dans la gorge tant ils étaient parfaits. Pas une seule fois ils n'avaient fait de réflexion sur ma cicatrice. Ou alors uniquement pour me dire de ne pas m'en inquiéter. Et ils me l'avaient ensuite démontré.

Je le leur devais en tant que mes maris. Une épouse ne devait pas garder un tel secret. Comme ils l'avaient dit auparavant, je devais partager mes problèmes avec eux. Ils étaient assez forts pour s'en charger. Je ne l'avais pas compris, même la veille, mais maintenant, je savais.

Je leur dirais au petit matin. Tout. Nous irions à Butte secourir Tennessee avant de rentrer à Bridgewater, en sécurité.

Je me sentis mieux d'avoir pris cette décision. Ce ne serait pas facile de leur dire tous les détails, mais ils avaient écouté quand j'avais dit que j'avais menti. Ils n'avaient pas crié. Oui, ils m'avaient fessée et je l'avais bien mérité, même si je ne l'avouerais qu'à contrecœur. Je m'attendais à en recevoir une autre mais me débarrasser de mon dernier secret envers eux en valait la peine. Peut-être.

Ce mensonge finirait par nous déchirer. Je ne laisserais

pas Mr Grimsby détruire ce que nous avions. Mais comment les garder en sécurité ? Ils m'avaient dit de leur confier mes problèmes et c'est ce que j'allais faire, et avant qu'ils ne m'arrachent la vérité à grand renfort de fessées.

Résolue, je me rendormis entre mes hommes, mon dos pressé contre Tucker, ma main sur la poitrine de Gabe. Souriant intérieurement. Je leur dirais tout demain matin.

―――――

Je m'éveillai seule, le soleil passant à travers la fenêtre. Que les deux hommes parviennent à sortir du lit sans me réveiller en disait long sur l'heure à laquelle je m'étais finalement endormie. Inquiète, mais maintenant remise d'aplomb, j'étais prête à leur parler. Je n'avais pas hâte de le faire mais j'avais le sentiment que c'était trop lourd pour que je puisse être moi-même. Ils étaient mes maris et je ne voulais rien leur cacher. Comme ils l'avaient dit, ce serait bon de partager ce fardeau.

Ils avaient laissé un mot sur la table près du lit. Je souris en le ramassant.

Tu es une bonne fille d'avoir gardé le gode toute la nuit. Tu es tellement réactive et impatiente. Ce soir, ma douce, nous allons te prendre tous les deux. Te prendre complètement.

Je déglutis à la pensée à l'idée d'une queue dans mon cul. Qui de Gabe ou de Tucker me prendrait par là pour la première fois ? Bien que nerveuse, j'étais aussi excitée. Quand ils avaient joué avec moi, j'avais aimé ça. Adoré même, et ils s'étaient assurés que j'y prenne du plaisir à chaque fois. Mais ce soir ? Je resserrai mon cul autour du petit objet.

Enlève-le. *Tu es une si bonne fille de l'avoir gardé toute la nuit. Va prendre le petit déjeuner chez Emma et retrouve-nous à l'étable. Nous sommes impatients de te prendre à nouveau.*

Je souris à l'idée de leurs queues déjà en érection.

Fais vite.

Je fis comme demandé, retirant le gode de mon derrière dans une grimace avant de m'habiller.

Un peu plus tard, je suivais Emma dans le couloir en direction de sa cuisine. Je ne l'avais pas encore rencontrée mais je l'avais vue de loin pendant le pique-nique. Elle avait rencontré (et épousé) Kane et Ian alors que j'étais encore à l'école. Ses yeux bleus perçants contrastaient avec ses cheveux noirs. La petite fille dans ses bras lui ressemblait.

« Je suis désolée que nous n'ayons pas encore été présentées jusque-là mais je savais qu'avec deux hommes de Bridgewater, tu serais séquestrée un jour ou deux.

Je rougis à ces mots en suivant les parfums de café et viande grillée bien que l'heure du petit déjeuner soit largement passée. « Oui, Tucker et Gabe sont... insatiables. »

Elle rougit et me regarda par-dessus son épaule. Le bébé avait son poing dans sa bouche et de la bave coulait sur son menton. « Insatiables ? Et que dirais-tu de dominants, dominateurs ou encore autoritaires ? »

« Dominants, oui, » répondis-je. Ils ne répondaient pas encore aux deux autres, mais j'avais l'impression que ce serait bientôt le cas. « Oh, bonjour. »

Laurel et Olivia étaient aussi dans la cuisine, assises à la grande table. Elles avaient des tasses devant elles et Laurel berçait un bébé qui semblait ravi de se faire les dents sur un anneau en bois.

Les deux femmes me sourirent. « Abigail ! cria Laurel. Nous ne t'attendions pas avant demain. »

Je fonçai les sourcils. « Oh ?

— Deux hommes, deux jours, répondit-elle. Tu as droit à deux jours de lune de miel. » Laurel pencha la tête vers Olivia. « Celle-ci en a eu trois.

— J'ai trois maris, répliqua Olivia, un sourire se dessinant sur ses lèvres pleines. Comme Abigail l'a certainement remarqué, les hommes sont une espèce très demandeuse et réclament chacun la même part d'affection.

— La même part de baise, » ajouta Emma.

J'en ouvris grande la bouche.

« Oh, ne prends pas cet air-là, gronda Emma. Les bébés sont trop petits pour commencer à babiller ce genre de mots, vraiment. »

Laurel rit. « Et à en juger par tes joues rouges, tu sais que c'est vrai, » me dit-elle.

Je ne pus m'empêcher de sourire. « C'est vrai.

— Café ? » Emma tendit le bébé à Olivia avant de se tourner vers le poêle.

« Avec plaisir. »

Je pris place en face des autres en grimaçant un peu, mon derrière était encore irrité par le gode. Cela n'avait pas fait mal, mais je n'en avais pas l'habitude. Ma chatte se réchauffa quand mon esprit dévia vers mes ardents maris et leurs attentions, la promesse des petits mots qu'ils avaient laissés.

Ce soir.

« Ils t'ont déjà mis un gode ? demanda Emma. Je demande parce que tu gigotes sur la chaise comme une femme qui a reçu trop d'attention de la part de ses époux.

— Tu es bien trop directe, dit Laurel en grondant gentiment Emma. Donne-lui au moins une semaine avant de lui faire déballer tous les détails. »

Emma haussa les épaules pour la forme. « J'étais mortifiée la première fois qu'ils m'en ont mis un. Ce n'était pas le premier soir, mais une fois rentrés au ranch. Ils ne l'ont laissé qu'un petit moment, quelques minutes.

— Seulement—» Je me mordis la lèvre à cette question qui m'échappa.

Laurel ouvrit les yeux comme des soucoupes. « Tu veux dire qu'ils t'en ont mis un depuis plus longtemps que ça ? »

J'acquiesçai. Impossible de retenir le rouge qui me montait aux joues. Je remuai encore.

Olivia vint me tapoter la main. « Mais ça t'a plu. »

J'acquiesçai encore. Elle sourit.

« Ils le savent. Ils te connaissent. Et quand ils te baiseront tous les deux... » soupira-t-elle.

Les autres femmes firent de même, presque rêveuses.

« Ce soir, » balbutiai-je. Je levai les mains devant mes yeux.

Laurel prit la parole. « Tes hommes te désirent depuis très longtemps. Je suis sûre que tu les as rendus très heureux. S'ils te prennent ensemble ce soir, ils sauront que tu es prête pour eux, pas seulement ton corps, mais aussi ton esprit.

— Ton cœur, » ajouta Laurel.

Je détendis mes mains et fixai Emma. Elle hocha la tête en guise d'agrément.

Je baissai les yeux sur ma tasse. « Oui. » Que pouvais-je dire d'autre, j'étais d'accord avec elle.

« Alors tu en pinçais aussi pour eux ? » demanda Emma. J'acquiesçai.

« Je n'ai même pas ne serait-ce que posé les yeux sur Kane et Ian avant mon mariage, dit Emma.

— Je n'ai connu Cross, Simon et Rhys que quelques heures. En fait, dit Olivia, avant de marquer une pause, Je n'ai connu Simon et Rhys que quelques heures. J'ai rencontré Cross juste avant de me marier.

— Je les désire depuis mes quatorze ans, » confiai-je. Ces femmes étaient directes. J'étais bel et bien mariée alors il n'y avait pas de raison de ne pas leur dire. Et elles allaient devenir... non, elles étaient mes amies.

Toutes les trois me regardèrent avec nostalgie. Le bébé de Laurel frappa la table de son petit poing et tout le monde rit.

« Je pense qu'ils n'ont pas apprécié la concurrence, ajouta Laurel. L'homme de Butte. Quand ils en ont entendu parler, ils ont estimé qu'ils avaient assez attendu. »

Ils m'avaient épousée à cause d'un concurrent imaginaire ? Je ne pus m'empêcher de sourire en pensant à quel point mes hommes étaient possessifs et jaloux. Et pour cela, je dis en me levant, « Ils m'attendent dans l'écurie.

— Tu ne veux pas manger d'abord ? » demanda Olivia.

Je leur souris, en réalisant que je n'avais pas besoin d'être nerveuse avec elles. Elles étaient aimables et généreuses, et ouvertes, surtout sur le fait d'avoir deux hommes. Et pour cela, je dis, « Ils *m'attendent.* »

Emma agita ses sourcils. « Amuse-toi bien ! »

Je les entendis rire en descendant le couloir vers la porte d'entrée. Elles riaient à cause de moi mais cela m'était égal, pour une fois.

Je souris en traversant le champ en direction de l'étable, heureuse de mes deux maris, heureuse de mes nouvelles amies, heureuse de leur parler de Mr Grimsby, que plus rien ne contrarierait notre mariage. Et ensuite, ils me prendraient tous les deux. Bientôt j'aurais un homme devant moi et un derrière, et nous ne formerions plus qu'un.

La large porte de l'étable était ouverte et laissait entrer l'air chaud alors j'entrai avant de marquer une pauser le temps que mes yeux s'habituent à l'obscurité.

« Voilà une belle bête. Je l'achèterais bien. »

Les voix provenaient de l'arrière du bâtiment, et je marchai dans leur direction.

« On dirait aussi que vous avez acquis une belle bête, Landry. Un très bon choix pour une épouse. Le ranch Carr est presque aussi grand que Bridgewater. »

Je ne reconnus pas la voix mais je savais qu'elle parlait de moi. Appartenait-elle à un autre habitant de Bridgewater ? C'était un grand groupe et je ne les avais pas encore tous rencontrés.

« Oui, nous sommes ravis, » répondit Tucker. Mon cœur bondit de joie à sa réponse candide.

L'étranger rit. « Mettre la main sur tout ça est une jolie opération. Peu de gens passeraient outre son visage. »

Je commençai à marcher vers eux, mais cette dernière phrase me paralysa. Et me gela le cœur.

« Avec un corps comme le sien, il suffit de lui couvrir le visage pour la baiser et ne penser qu'à toutes ces terres.

— Les terres de son frère sont immenses, » dit Gabe. Il ne contredit même pas ces horribles paroles.

Je reculai d'un pas. Puis d'un autre.

Ils m'avaient épousée pour le ranch de mon frère ? Ils consentaient à me baiser par sens du sacrifice en vue de mettre la main dessus ?

Oh mon dieu. Je mis la main sur ma bouche pour empêcher un gémissement d'en sortir. Je fus secouée par une nausée. Dans quoi m'étais-je embarquée ? J'avais eu raison tout du long. Les hommes ne pouvaient passer outre ma cicatrice. Ils avaient menti. C'est pour cela que Tucker m'avait prise par derrière la première fois. Ils avaient menti. *Menti !*

Je ne devrais pas être surprise. Je leur avais menti. C'était un juste retour qu'ils fassent de même. Notre mariage était basé sur des mensonges. Bâti sur des mensonges. Et pour cela, il était instable. J'avais prévu de leur parler de Mr Grimsby, qu'ils m'aident à régler ce problème. Mais plus maintenant. Je préférerais manger un bol de clous plutôt que de leur dire. Je serais finalement seule pour sauver Tennessee. Et ensuite, j'irais... je trouverais bien où.

Je ne pouvais pas retourner chez James. Il me renverrait ici, chez mes maris. Ils ne m'avaient pas blessée physiquement. Bien qu'il soit capable de battre Tucker et Gabe pour leurs pensées, James me dirait qu'ils étaient meilleurs que la plupart des hommes. Ils voulaient de moi pour le ranch familial, c'était tout. Je m'étais menti à moi-même. Quel homme ne voudrait pas d'un ranch comme celui des Carr ? J'étais seulement le prix que les frères Landry devaient payer. James avait essayé de me protéger en m'envoyant en pension, mais cela n'avait fait que confirmer ce que je savais depuis longtemps. Personne ne voulait de moi.

Marchant le plus vite possible, je filai hors de l'étable. Une fois sortie au grand air, je me mis à courir. Je sentis mes poumons brûler sous cet effort, mais peu importe. La douleur couvrait l'agonie de mon cœur brisé.

12

 ABE

Ma colère était à peine voilée. Je serrai mes poings sur mes côtés en regardant d'un œil mauvais l'homme qui voulait acheter un de mes chevaux. Si nous n'avions pas rendez-vous depuis longtemps, nous l'aurions reporté. Il nous éloignait d'Abigail, avec ces arrogantes manières.

« Les terres de son frère sont immenses— répétai-je entre mes dents. — mais nous avons épousé Abigail par amour. Parler d'elle ainsi est un manque de respect envers notre épouse. »

Kane fit un pas en direction de Masters, le bâtard qui ne se souciait de rien d'autre que de ce qui pouvait lui rapporter un petit dollar. Il voulait mon cheval comme étalon, mais il était hors de question que je lui cède l'animal désormais.

L'homme leva ses sourcils broussailleux. Je savais qu'il était marié, mais je me demandais comment sa femme avait pu le supporter aussi longtemps. Il avait la cinquantaine, et j'espérais que celle-ci était morte dans son sommeil, paisiblement. Dieu avait certainement eu pitié.

« Masters, tu dois des excuses à ces hommes, dit Keane sèchement. Et à leur épouse. » Il n'allait pas rester sur la touche alors qu'on attaquait une des femmes du ranch, même verbalement et hors de sa présence. Une fois devenue une des épouses de Bridgewater, tout le monde la protégeait.

« Il est hors de question qu'il approche d'Abigail. » Tucker secoua la tête. Il bouillonnait. « Non, je ne veux pas d'excuses, je veux lui casser la gueule. »

Et une fraction de seconde, Tucker avait traversé l'étable et frappé Masters au visage, faisant résonner le choc des os contre les os. L'homme tomba comme une pierre dans le foin. Cela énerva les chevaux mais peu importe que Masters se fasse piétiner. Il l'avait plus que mérité.

Tucker se plaça au-dessus de l'homme, respirant fort. Sa main sur son nez qui saignait, Masters le regarda d'en bas.

« C'est ma femme, connard. Maintenant tu vas te lever et foutre le camp de Bridgewater avant que je te tue. Comme James Carr l'a dit l'autre jour, on ne manque pas de terrain pour enterrer un corps. »

Tucker recula et Kane aida Masters à se relever. Le prenant par le bras, il le guida entre les hommes et le poussa dans le couloir. J'entendis Kane murmurer quelque chose à Masters, mais j'étais trop énervé pour comprendre.

« Ian ! cria Kane.

— Ouais ? » Je ne savais pas où était l'Ecossais, mais il avait rapidement rejoint Kane.

« Masters a besoin d'une escorte pour quitter Bridgewater. »

Nous étions seuls dans l'étable avec le seul bruit du cheval qui soufflait. Je m'approchai doucement pour le calmer en caressant ses flancs qui tremblaient.

« Tu te sens mieux, Tucker ? » demandai-je, un peu jaloux que ce soit lui qui ait pu frapper cet enfoiré.

Il ricana en secouant la tête, les mains sur ses hanches. « Immensément mieux. Pas étonnant qu'Abigail soit si timide. Les gens sont de tels... abrutis. Des enfoirés.

— Elle n'est plus seule, » lui dis-je.

Il leva la tête et me regarda. « Non, elle ne l'est plus. Je battrais la ville tout entière s'il le fallait.

— Je n'en ai aucun doute. Elle n'est pas Clara. »

J'avais prononcé le nom de sa sœur, sachant que cela raviverait une ancienne colère. Elle n'était plus en vie quand nos parents s'étaient mariés, mais j'en savais assez sur elle, sur les sentiments de Tucker. J'avais senti cette colère depuis que j'avais douze ans.

Je vis ses épaules se raidir. « Je n'ai pas pu la protéger, mais je peux protéger Abigail.

— Tu avais dix ans. Tu dois arrêter de t'en vouloir. » Je le lui avais répété pendant des années et des années, mais cela ne faisait aucune différence.

« Impossible. Mon père était le plus cruel qui soit. Il a attendu la mort de ma mère pour s'en débarrasser. Il l'a abandonnée. »

Et ensuite, il avait épousé ma mère, libéré du fardeau d'avoir un enfant différent. Mais il m'avait gagné moi avec ce mariage et j'avais toujours pris le parti de Tucker. Nous étions devenus amis sur le champ, des alliés et son père, mon pire ennemi. J'avais détesté cet enfoiré, et aucun d'entre nous n'avait pleuré sa mort il y a quelques années.

Tucker me tourna le dos, posa ses mains sur le dessus de la barrière qui entourait l'enclos.

« Connard de Masters. On ne laissera personne s'en prendre à Abigail. Personne. Tu le sais, lui assurai-je. Elle est en sécurité et nous allons lui montrer à quel point elle est parfaite comme elle est. »

Tucker prit une profonde inspiration et se retourna. Il appuya sa hanche contre la clôture.

« Oui. Et nous allons nous amuser à le lui montrer. Finissons le travail que nous avons à faire ici, comme ça, à son arrivée, nous pourrons la prendre dans la sellerie. Tu as dit qu'elle avait bien aimé. »

La queue se raidit en se rappelant. « Hum... Il nous faudra peut-être utiliser des lanières de cuir. Peut-être qu'elle aimera être attachée et à notre merci. »

ABIGAIL

J'AVAIS l'habitude d'entendre des plaisanteries et des moqueries. D'être raillée. Blessée. J'avais bâti un mur autour de mon cœur pour le protéger de la cruauté à laquelle j'étais accoutumée. Mais j'avais été surprise de la vitesse à laquelle Gabe et Tucker l'avait fait tomber, en me disant que ma cicatrice leur importait peu. Ne pas avoir su ce qu'ils pensaient vraiment de moi était le plus douloureux, plus que la dureté de tous les mots entendus par le passé. Mais je savais comment reconstruire ce mur. Je devais quitter Bridgewater. Je ne saurais vivre avec une telle peine dans mon cœur, pas plus que je ne saurais cacher ma colère.

Il me fallait un cheval ; je ne pouvais pas marcher jusqu'à Butte. Mais je ne pouvais pas en prendre un dans l'étable. Impossible que je me trouve aussi près de Gabe et Tucker. Je trouvai Ann dans le potager, arrachant les mauvaises herbes. Il était assez grand pour fournir tout le ranch l'été et mettre le reste en conserves pour l'hiver. Elle me sourit sous son chapeau de paille.

« Que se passe-t-il ? » demanda-t-elle en venant à ma rencontre.

Je pris une grande inspiration et souris. Soit elle était perspicace, soit je n'étais plus aussi douée pour cacher mes émotions que par le passé. Deux jours avec Gabe et Tucker et j'avais perdu cette capacité.

« Je suis juste fatiguée. Comme tu te doutes, j'ai été bien occupée. »

Elle sourit en ajustant son chapeau. Elle n'avait pas assisté à la conversation dans la cuisine. « Oui, j'imagine. Ils ne sont pas trop durs avec toi ? Je sais que les hommes d'Emma sont plutôt dominateurs, et bien que je sache qu'elle prend du plaisir à leur obéir, je doute que ce soit ton cas. Gabe et Tucker sont-ils... gentils ? »

J'aurais dû rougir, mais j'étais trop en colère. « J'aurai du mal à m'asseoir, » avouai-je. C'était un peu exagéré mais la vérité tout de même.

Elle ne trouva pas cette réponse anormale. Entre elle et les autres, je doutais que d'être assise confortablement soit l'apanage des femmes de Bridgewater.

« J'ai presque fini. Tu voudrais rentrer à la maison avec moi ? Nous pourrions discuter à l'abri du soleil. »

Je secouai la tête. « Non, merci. Je... je me demandais si je pourrais emprunter ton cheval ? » Je désignai l'animal attaché au pied d'un grand peuplier. « Je dois retourner chez mon frère pour prendre quelques affaires. »

Elle leva les yeux. « Tes hommes te laissent y aller seule ? »

Je haussai les épaules. « Ils sont très occupés à l'étable avec un homme qui veut acheter un cheval. Et je ne serai absente que pour la journée. C'est sûr pour moi de chevaucher jusqu'à chez mon frère.

— Tu as dit que tu avais du mal à t'asseoir. Pourquoi vouloir monter à cheval dans ce cas ? »

J'aurais souhaité qu'elle ne soit pas aussi maline. Je penchai la tête. « Tout ce que nous avons fait jusque-là n'était que de l'entrainement, avouai-je. Je voudrais y aller pendant qu'ils sont occupés car ils ont des projets pour ce soir. » Je me mordis la lèvre. « Et je pense que je serai encore plus indisposée demain. »

Je ne pouvais qu'imaginer comment serait mon derrière après que Tucker et Gabe l'ait baisé. Bien que ma chatte n'ait pas été douloureuse d'avoir perdu ma virginité, j'étais clairement attendrie. Mais *là*, je serais certainement irritée. Mais cela n'avait plus aucune importance. Aucun d'eux ne me baiserait plus, par aucun trou.

Ann détourna le regard. « Oui, je comprends. »

J'étais sûre que c'était le cas. Si Gabe et Tucker voulaient conquérir mon cul, nul doute que ç'avait été le lot de toutes les autres femmes. Il semblerait que prendre une femme ensemble était la quintessence de la conquête pour les hommes de Bridgewater.

« Merci, » murmurai-je en me dirigeant vers le cheval. Je me sentais mal de lui mentir, de la tromper ainsi. Il semblerait que je devienne très douée pour ça. Ann retourna travailler dans le potager pendant que je saisis les rênes. Après un dernier arrêt à la maison des frères Landry, je serais partie.

Pour de bon.

13

UCKER

« Comment ça, tu ne sais pas où elle est ? » cria James Carr, manquant de renverser une chaise de cuisine dans sa colère. Il venait de se remettre de son rhume et sa fureur était impitoyable. Et justifiée. Il avait confié sa sœur à nos bons soins et nous l'avions perdue.

Gabe se passa la main sur la nuque. « Elle a quitté le ranch. Elle a dit qu'elle venait te voir. Pour récupérer ses affaires.

— Eh bien, je vous garantis qu'elle n'est pas là. Je pensais que vous alliez à Butte, répliqua-t-il.

— Nous sommes allés à Bridgewater pour l'épouser, » opposai-je. Pour quelqu'un d'habituellement colérique, j'étais plutôt calme. Du moins en apparence. A l'intérieur, je n'étais pas en colère, mais inquiet. C'était comme si Clara avait disparu à nouveau. Même si James n'allait pas l'envoyer dans un institut pour la cacher à la face du monde—

Oh mon dieu, en un sens, c'est ce qu'il avait fait. Il l'avait envoyée en pension. Pas parce qu'il avait honte, mais pour la protéger.

Et maintenant, nous l'avions perdue.

« S'il lui était arrivé quelque chose en route, nous l'aurions vue. Elle connait le chemin, et ce n'est pas le bout du monde, donc je doute qu'elle soit perdue. Il n'y a aucune trace d'elle, alors je dirais qu'elle n'avait pas l'intention de venir ici.

— Vous avez épousé ma sœur et elle s'est enfuie ? Mais que lui avez-vous fait ? »

Je n'avais aucunement l'intention de lui parler des choses que nous avions faites avec elle. Il n'avait certainement pas besoin de savoir qu'elle n'avait pas de virginité, ou du moins, qu'elle l'avait perdue bien avant que nous la remplissions de nos queues. Il ne saurait pas que nous lui avions glissé un gode entre les fesses, ou encore qu'elle aimait me sucer. Et Gabe aussi.

« Nous pensons qu'elle a entendu quelque chose d'agaçant, » répondis-je. C'était la seule possibilité. Sachant qu'elle était sensible, entendre Masters parler d'elle comme il l'avait fait avait dû sérieusement l'ennuyer. Assez pour prendre la fuite ? Pourquoi n'était-elle pas restée pour que nous puissions la réconforter ? Si elle avait entendu les paroles de Masters, elle aurait su que je lui avais collé mon poing dans la figure avant de le dégager du ranch.

James restait là, les mains sur ses hanches. Il fulminait.

Comme Abigail ne nous avait pas rejoints à l'écurie comme nous l'espérions, nous étions allés voir Emma chez elle, pensant qu'elle avait été accaparée par les femmes.

Mais quand elles avaient dit qu'elle était partie nous rejoindre, nous avions déduit qu'elle avait entendu la conversation et pris la fuite. Cela prit deux heures supplémentaires pour apprendre par Ann qu'elle avait pris son cheval et chevauché vers le ranch Carr. Et ainsi nous l'avions suivie, mais elle n'était manifestement pas là.

« Alors ? » demanda-t-il, impatient.

Gabe lui relata l'incident avec Masters. James secoua la tête, il savait à quel point c'était un connard. Mais quand je lui parlai de la manière dont ils avaient manqué de respect à Abigail, il renversa la chaise pour de bon.

« Je lui ai cassé le nez, et Kane l'a escorté hors du ranch, lui dis-je, mais cela ne sembla pas l'apaiser.

— Elle a supporté ce genre de remarques toute sa vie. C'est pour ça que je l'ai envoyée à l'école, en espérant lui éviter tout ça.

— Nous pensons qu'Abigail a tout entendu et pris la poudre d'escampette, » ajoutai-je.

Il secoua la tête. « Si elle n'est pas venue ici, alors où diable est-elle allée ? » demanda James à voix haute.

Où irait-elle ? « Elle a des amis proches en ville ? demanda Gabe.

— Non, répondit James. Elle est partie trop longtemps pour avoir des amis proches.

— Elle en a peut-être à Butte, » hasarda Gabe. Il se frottait la barbe. « Attendez ! »

James se retourna.

« Pourquoi voulait-elle retourner à Butte ? »

Oui, j'avais oublié que sa destination originelle était Butte. Nous l'en avions détournée pour la ramener à Bridgewater pour l'épouser et nous n'y avions pas repensé depuis.

« Pour voir son prétendant, dit James.

— Il n'y avait pas de prétendant, c'était un mensonge, » lui expliquai-je.

Il arqua les sourcils juste avant de descendre le couloir vers son bureau. En entendant le tintement d'un verre, Gabe me fit signe de le rejoindre. Il se versait un remontant contenu dans une grande carafe en verre.

« Pas de prétendant. Vous l'avez épousée. Elle a disparu. Putain, mais qu'est-ce-qui se passe ? »

Il était temps de lui expliquer son raisonnement pour s'inventer un soupirant

« Alors elle voulait se rendre à Butte pour rencontrer quelqu'un qui n'existe pas ? » se demanda-t-il en agitant le liquide ambré.

Je jetai un œil à Gabe. « Elle s'est inventée un prétendant comme raison de retourner à Butte. Elle nous a parlé de cet homme, ou plutôt de son absence. Elle a admis avoir menti, mais elle a dû taire la vraie raison. »

Il rejeta les épaules en arrière en comprenant mon raisonnement.

« Elle devait aller à Butte dans tous les cas, supposai-je. Pour une raison suffisamment grave pour mentir à ce sujet. Te le cacher, ainsi qu'à nous. Elle voulait y aller seule, même avec nous, si nous ne l'avions pas épousée. Et maintenant, elle est partie seule.

— Ça ne sent pas bon, dit James, en refermant la carafe dans un bruit sourd. Quelque chose d'aussi secret ne peut pas être aussi bon. Nous allons la chercher à Butte. »

Je n'allais pas le contredire. Bien que ce soit notre rôle de protéger notre femme, mais elle restait quand même sa sœur. Nous n'avions aucune idée de la situation dans laquelle Abigail s'était fourrée. L'avoir avec nous pourrait nous aider. A moins qu'il ne nous tue avant. Il était assez fort pour manier une pelle maintenant.

ABIGAIL

Le même sbire qui m'avait escortée hors de chez Mr Grimsby la semaine dernière ouvrit la porte de la maison. En monter les marches s'avéra une épreuve. Je savais à quoi j'allais faire face, contrairement à la dernière fois. Je ne pouvais même pas être sûre que Tennessee était en vie. Je n'avais personne pour me protéger. Personne ne savait même où j'étais.

Je n'avais même pas changé d'avis quant à quitter Gabe et Tucker, mais j'aurais apprécié de les avoir à mes côtés en cet instant. L'homme de main était du même gabarit que mes deux maris et il ne paraitrait pas si... imposant s'ils étaient là.

Mais non.

J'étais seule dans cette histoire, comme je le serais toute ma vie.

L'homme s'effaça pour me laisser entrer. Je fermai les yeux en prenant une profonde inspiration alors que la porte grinçait derrière moi. On me guida dans la même pièce que la semaine dernière. Mr Grimsby était assis à son bureau et se leva quand j'entrai dans la pièce.

« Miss Carr. »

Je n'allais pas lui rétorquer que je ce n'était plus mon nom, mais Abigail Landry désormais. S'il découvrait que j'étais mariée à des hommes de Bridgewater, il s'en prendrait à leur argent. Bien que nous n'ayons pas parlé de ça, je savais que Gabe et Tucker n'étaient pas dans le besoin. Je n'en demandais pas tant, rien que de l'amour. J'échangerais tout leur argent, et même Bridgewater pour que ces deux-là m'aiment comme j'étais.

« J'espère que tu ne viens pas les mains vides. » Son regard se promena sur moi.

« Où est Miss Bennett ? » demandai-je.

Mr Grimsby remua la lèvre. « A l'étage.

— Je voudrais la voir avant que nous ne fassions affaire. »

Il arqua un sourcil et sourit. « Tu as la carrure d'un homme d'affaires. »

Mr Grimsby fit un petit signe de la main à son sbire qui disparut dans le couloir.

« Je suis venue pour Miss Bennett. Si elle est... morte—» Je déglutis à cette possibilité. «—comme son père, alors il n'y aura plus d'échange. »

Il se leva de sa chaise et boutonna la veste de son costume. « C'est là que tu te trompes. Ton amie n'a aucun impact sur ta survie. Tu ne seras libre qu'après m'avoir donné ce que je veux. »

Bien que j'aurais souhaité reculer, ou même filer dans le couloir vers la porte d'entrée, je refusai de me plier devant cet homme. « Ce n'est pas ce que nous avons convenu, » répliquai-je.

Des pas résonnèrent dans les escaliers.

« Ton rôle était de m'apporter de l'argent. Tu pensais vraiment que j'allais te laisser échouer ? »

Tennessee entra alors dans la pièce. Bien qu'elle soit bien habillée et manifestement indemne, elle avait des cernes qui minaient son joli visage. Elle avait aussi des marques autour de la bouche. Même ainsi, j'étais heureuse de la voir, vivante.

« Abigail ! » cria-t-elle en courant dans mes bas. Elle avait l'air d'une feuille morte quand je la serrai contre moi. « Je t'en prie, dis-moi que tu as ce qu'il demande, » murmura-t-elle.

Elle recula et me regarda le visage rempli d'espoir.

Je retirai le sac attaché à mon poignet et en sortit la broche de ma mère. M'avançant, je le déposai sur le bureau de Mr Grimsby qui la saisit avidement et prit le temps de l'étudier. « Très joli. »

Je soupirai, soulagée. « Viens Tennessee. Allons-y. »

La tête haute, je voulus prendre la main de mon amie et me tourner vers la porte.

« Très joli, répéta Mr Grimsby. Mais pas suffisant. »

Mon estomac bondit et Tennessee me serra la main comme un étau.

Lentement, je tournai la tête vers Mr Grimsby.

« Cette broche doit valoir cent dollars, pas beaucoup plus. J'ai besoin de plus ! cria-t-il en postillonnant.

— Pourquoi ? demandai-je en regardant l'opulence de la pièce. Vous avez une belles maisons, de beaux vêtements, une mine.

— La mine est épuisée.

— Et donc je dois payer votre train de vie mirobolant en échange de ma vie ? »

Il sourit. « Exactement.

— Vous n'avez qu'à épouser une riche héritière. Bien que Miss Bennett vous ait dupé, il y en a plein d'autres à Butte plus riches que Crésus. C'est la ville la plus riche de la planète. »

Les mines qui entouraient Butte étaient chargées de

cuivre. Tant qu'il y avait plus d'argent ici qu'à New York ou toute autre ville. S'il voulait une riche épouse, il avait bien choisi son terrain de jeu.

« Ce n'est pas aussi simple, » répondit-il.

Je reniflai. « Peut-être que si vous n'étiez pas une telle brute, les femmes pourraient vous trouver du charme. »

Il ne sembla pas ennuyé par ma remarque acerbe. « Peut-être que c'est toi que je vais épouser. Je pourrais tolérer ton visage en échange de ton argent. »

C'est alors que je réalisai que j'avais pris la mauvaise pente. Tennessee agrippa fortement ma main. Sans que je sache si c'était de peur ou pour me faire signe de me taire.

Cette confrontation allait mal tourner, pour moi en tout cas.

« Laissez partir Miss Bennett. Elle n'est qu'un pion. Et c'est mon argent que vous voulez. Elle n'est pas ce dont vous avez besoin. » Je penchai la tête et murmurai à mon amie. « Va-t'en. Pars et ne te retourne pas. »

Sa main moite s'effaça de la mienne et elle s'en alla doucement. Ni Mr Grimsby ni son homme de main de l'en empêchèrent. Ils savaient que mon jugement était le bon. Elle n'avait aucune valeur pour lui. J'entendis ses petits pas, puis la porte s'ouvrir et claquer dans sa hâte.

« Bien, maintenant. Je pense que t'épouser est une bonne idée après tout. » Mr Grimsby regarda par-dessus mon épaule vers son homme de main. « Va chercher un prêtre. N'importe lequel. »

Un prêtre ? Je n'allais pas l'épouser. Non seulement j'étais déjà mariée, mais l'idée de devenir sa femme me répugnait. Ce que j'avais partagé avec Gabe et Tucker était... spécial. Je n'imaginais pas l'idée de faire toutes ces choses avec Mr Grimsby. L'idée de le voir nu, me forcer à me mettre à genoux pour prendre son sexe dans ma bouche me donna la nausée.

Quand j'entendis la porte se fermer à nouveau, je sortis le pistolet de mon sac. Hors de question que je le laisse continuer. Bien que j'aie la main ferme en la pointant vers lui, je tremblai en mon for intérieur. J'avais trouvé l'arme dans la cuisine des Landry. Je ne savais pas auquel des frères il appartenait, mais il était chargé et suffirait, je l'espère, à dissuader Mr Grimsby. Ou du moins à le dissuader de m'épouser.

« Je vais m'en aller maintenant, et vous allez me laisser tranquille. La broche constituera mon paiement. » Je reculai en regardant sur mes côtés pour ne rien heurter.

Mr Grimsby s'avança vers moi, les yeux plissés de colère. Alors qu'il approchait, je fis feu juste au-dessus de son épaule droite. « Ceci est un avertissement. »

Il leva les mains et s'immobilisa, manifestement surpris que je sache utiliser une arme.

J'entendis la porte d'entrée, mais j'avais peur de regarder en arrière, de détourner mon regard de l'homme qui était capable de me désarmer. Mais je ne pouvais donner l'occasion à son homme de main de se saisir de l'arme, alors je tournai les talons et m'élançai vers la porte, ma seule issue. Je n'eus pas même le temps de faire un pas que je heurtai une masse dont les mains agrippèrent mes bras. Pour me tenir tranquille.

Je me débattis en criant contre la silhouette inconnue, mais c'était peine perdue. Je ne pouvais pas lutter contre quelqu'un d'aussi fort.

« Non ! »

J'avais perdu.

14

UCKER

DE VOIR Abigail tenir un pistolet fumant dans ses mains en s'éloignant du bâtard—je savais les reconnaitre quand j'en voyais un—m'énerva au point de ne plus y voir clair. Gabe et James étaient juste derrière moi mais mon réflexe fut d'attraper Abigail. Je me mettais habituellement en quête du danger pour le faire cesser, mais là je ne rêvais que de lui arracher l'arme des mains et de tirer sur l'enfoiré en face de moi. Toutefois, je devais d'abord m'assurer qu'elle allait bien. C'était au tour de Gabe d'avoir droit à sa vengeance.

Mais plutôt que de me laisser la prendre dans mes bras pour la réconforter, Abigail lutta, frappant ma poitrine de ses petits poings, poussant et se débattant pour passer. Quand elle brandit l'arme devant mon visage, je réalisai qu'elle ne m'avait pas reconnu. Elle devait penser que j'étais l'homme que nous avions vu sortir de la maison quelques minutes plus tôt. Bien qu'il soit grand et fort, il ne faisait pas le poids face à nous trois.

J'en avais mal au cœur de la voir ainsi se battre pour sa survie, qu'elle pensait qu'un homme était sur le point de lui faire du mal. Sa force et son énergie étaient impressionnantes, mais ne révélaient que son désespoir. Qu'avait fait cet homme ? Elle semblait indemne, mais je savais que certaines blessures pouvaient être invisibles. Si c'était le cas, je descendrais sur le champ l'homme en face de moi, même s'il était déjà mort.

Quand la carcasse de métal heurta mon menton, je lui pris le poignet et la forçai à pointer son arme dans une autre direction. Mon dieu, elle allait tuer l'un d'entre nous par accident dans sa frénésie.

« Abigail. » Je criai son nom dans un grognement sourd.

« Ça suffit.

— Non, lâche-moi. » Elle continua de se débattre, mais je ne faiblis pas, je ne faiblirais plus jamais.

« C'est Tucker, arrête. »

Et tout d'un coup, elle arrêta de lutter. Je lui arrachai l'arme et la lançai derrière moi sans même regarder, sachant que James était là pour l'attraper, avant de prendre son visage dans mes mains.

« Regarde-moi. »

Elle plongea ses yeux dans les miens. Cela lui prit quelques secondes pour me discerner tant son esprit s'était emballé.

« Voilà, ma douce. Tu es en sécurité maintenant. »

Je saisis le moment où elle me reconnut. « Tucker ? Oh mon dieu, Tucker, » soupira-t-elle, en enroulant ses bras autour de moi dans une étreinte si fort qu'elle faillit me couper le souffle.

Serrant son visage contre ma poitrine, je baissai la tête et la respirai. Je sentis le dessus de sa tête, sentant ses cheveux picoter ma bouche puis les embrassant.

Gabe et l'homme se disputaient. James se fraya un chemin vers le bureau. Je les voyais mais je les ignorais.

Je ne voyais plus qu'Abigail.

Je soupirai, laissant la peur et la colère s'évaporer de moi tout en la serrant fort. Elle était chaude et bien qu'elle tremblât toujours de toute cette énergie, elle était vivante.

« Viens, » dis-je en passant un bras autour de sa taille et la menant vers la lumière du jour.

Sans résister, elle articula, « Mais—

— Gabe et ton frère vont se charger de lui. »

Je n'en dis pas plus, et certainement pas qu'ils le tueraient certainement pour lui avoir fait on ne sait quoi. Bien que nous ayons pu la localiser dans la maison de cet homme, nous ne savions pas ce qu'ils y faisaient.

Nous étions sur le trottoir quand la police de Butte arriva, guidée par une jeune femme hystérique qui désignait la porte d'entrée. Je ne lâchai pas Abigail, pas plus que je ne dis un mot. Je me contentai de la tenir contre moi alors que le monde s'agitait autour de nous. Le temps s'était s'arrêté. Plus rien d'autre ne comptait maintenant que nous l'avions sauvée.

Gabe s'avança vers nous, finalement, chaque muscle de son corps tendu. Quand il se tint juste devant moi, il fit un signe de tête indiquant que le problème était résolu. Je ne demandai pas comment, mais j'étais sûr que mon frère avait garanti la sécurité d'Abigail.

« Va voir Gabe, ma douce. Il a besoin de toi. »

Je la retournai et elle se jeta dans les bras de Gabe. Elle pleura alors, sanglotant sur le trottoir pendant que mon frère la réconfortait. Frottant une main sur mon visage, je soupirai.

James escorta la femme déboussolée qui avait requis la police et nous rejoignit.

« Abigail, » gémit la femme en courant vers elle pour prendre sa main. Elle était encore plus petite que notre épouse, avec ses cheveux clairs et ses grands yeux bleus. Si elle n'avait pas été aussi pâle et affaiblie, on l'aurait dit très belle. « Je suis tellement désolée. »

Elle serra la main d'Abigail. « Je ne voulais pas t'attirer dans cette histoire, te mettre en danger. Ce n'était qu'un simple mensonge. »

Je fronçai les sourcils. C'est elle qui avait causé tout ça ? Conduit Abigail à avoir assez peur de cet enfoiré pour le menacer d'une arme pour se défendre ? Je voulais savoir ce qu'elle faisait dans la maison, mais cela attendrait.

« On dirait qu'il y a un certain nombre de mensonges dans cette histoire, » gronda Gabe. Les deux femmes rougirent.

« Où vas-tu aller Tennessee ? » murmura Abigail. Elle s'écarta de Gabe mais il garda un bras autour de sa taille.

Tennessee ? Était-ce le nom de la femme ou sa destination ?

La femme baissa les yeux. « Je... je n'en sais rien mais tu en as assez fait pour moi. » Levant la tête, elle fit un petit sourire à Abigail. « Ça va aller. Et j'essayerai d'éviter les hommes dangereux, je te le promets. J'ai retenu la leçon.

— Bien, dit James. Parce que tu rentres à la maison avec moi. »

La femme ouvrit la bouche et secoua doucement la tête. « Je ne peux pas. Je ne vous connais même pas.

— Abigail, » dit James.

Abigail renifla avant de lever la main. « Miss Tennessee Bennett, je vous présente mon frère, James Carr. »

James rejeta ses épaules en arrière. Une fois les présentations faites, il dit, « Miss Bennett, vous n'avez nulle part où aller ? Pas de famille ? »

Elle secoua la tête.

« De l'argent ? »

Elle détourna les yeux et ne répondit pas.

« Comment comptez-vous vivre ? En vous rendant au Briar Rose et gagner votre vie à l'horizontale ? »

Miss Bennett blanchit, déglutit. « Si... s'il le faut. »

Je ne pus ignorer le grondement qui jaillit dans la poitrine de James. « Vous allez venir avec moi, » répéta-t-il. Bien, parce que ni Gabe, ni moi ne l'aurions laissée travailler dans une maison close.

Miss Bennett ne pouvait arguer de cela avec James. Si elle était vraiment démunie, c'était sa seule option.

Et avant que la femme ne puisse prononcer un mot de plus, Gabe dit, « Rentrons à la maison. »

A ces mots, Abigail tressaillit, avant de s'écarter du bras de Gabe comme s'il s'agissait d'un serpent autour de sa taille. Elle secoua la tête. « Non, je ne viens pas avec vous.

— Oh que si, lâcha Gabe. Je suis venu sauver ma femme d'un détraqué et la ramener à la maison.

— Femme ? ricana Abigail avant de renifler. Ce sera plus simple de ne pas me regarder si je ne suis pas là. » L'amertume et la colère teintaient ses paroles.

« Te regarder ? », répliqua Gabe. Nous sommes probablement les seuls hommes à t'avoir vraiment vue Abigail.

— Mais enfin de quoi parle-t-il ? » demanda James.

Je n'avais jamais vu Abigail aussi contrariée. Ce n'était pas un sursaut d'adrénaline qui se dissipait après le danger.

C'était une colère brulante. Quelque chose de différent. Comme la plupart des femmes et particulièrement celles éduquées dans une école, on lui avait appris à cacher ses émotions. Mais elle avait dû manquer ces cours car elle donnait libre cours à sa colère. Contre nous. Abigail était furieuse contre Gabe et moi.

« Quittons la rue et parlons-en à la maison, » dis-je.

Elle recula d'un pas quand j'avançai vers elle pour lui prendre le bras.

« Et c'est moi que vous traitez de menteuse, siffla-t-elle. Tu m'as prise par derrière pour ne pas voir mon visage. C'est bien ce que je pensais, et tu as menti ! »

Avant que je ne puisse lever une main, James avait couvert la distance entre nous pour me frapper en pleine face.

« Merde, » marmonnai-je en me couvrant la joue. J'essuyai le sang qui coulait du coin de ma bouche. L'homme avait une sacrée droite.

« Vous avez dit que vous la désiriez depuis des années. Et c'est comme ça que vous la traitez, comme ça que vous l'avez... conquise ? »

Heureusement que nous étions dans une zone résidentielle, sinon nous aurions attiré beaucoup de monde. C'était aussi une bonne chose que la police soit toujours dans la maison. L'un de nous finirait en prison si cela continuait comme ça.

Abigail se tourna vers son frère et pointa son doigt sur sa poitrine. « Tu ne voulais pas de moi non plus.

— Quoi ? cria-t-il, à la fois surpris et en colère. De quoi tu parles ?

— Tu m'as mise à l'école à cause de ma cicatrice. Tu m'as cachée pour que les gens ne me voient pas. Je sais ce que les gens disent de moi. Même Mr Grimsby me trouve hideuse. »

Si ce Grimsby était bien l'homme à l'intérieur de la maison alors je n'avais qu'une envie, de rentrer lui casser la figure.

« Mais toi. » Elle appuya encore son doigt sur la poitrine de James. « Tu es le pire. Tu es mon frère et tu… tu—»

Des larmes coulaient sur son visage et elle déglutit péniblement, essayant de passer outre.

«—m'a renvoyée pour ne plus avoir à me regarder. »

Cela ressemblait tellement à ce que mon père avait fait pour Clara. Bien qu'elle soit si douce et si innocente, heureuse et toujours de bonne humeur, elle attirait l'attention. Certains étaient bons avec elle, d'autres étaient… cruels. Mon père en avait eu assez de sa déficience et avait voulu la placer. Il avait attendu la mort de ma mère. Sa fille n'était pas parfaite, pas normale, alors il s'en était débarrassé. Comme on se débarrasse des poubelles.

C'est ce qu'Abigail pensait que James avait fait avec elle, mais je le connaissais, bien assez pour savoir que c'était le contraire. Il n'avait rien à voir avec mon père.

James se décomposa littéralement devant moi. « C'est ça que tu penses ? Que j'ai honte de toi ? »

Abigail détourna les yeux.

« Pas comme ça, Abigail Jane. Tu penses vraiment que je t'ai envoyée à l'école parce que je ne voulais pas voir la cicatrice sur ton visage ? »

Elle regardait toujours le sol quand elle acquiesça.

James soupira en se passant une main sur le visage.

« Je t'ai envoyée ne pension parce que je t'aime. Tu mérites ce qu'il y a de mieux. Et plus encore. Chaque fois que je vois cette cicatrice, je pense à ce que tu as sacrifié.

Pour moi. C'est à cause de moi que tu l'as et je dois vivre avec ce poids... cette culpabilité jour après jour.

— Et tu m'as envoyé là-bas pour ne plus avoir à le faire, n'est-ce-pas ? »

James prit les épaules d'Abigail et la secoua. « Non, que tu es bête. Je t'ai envoyée à l'école pour que tu sois instruite, et équilibrée et heureuse. J'avais les moyens de t'inscrire à l'école et je l'ai fait. Pour toi, je décrocherais la lune. Et même si je le pouvais, cela ne compenserait pas ce que tu as fait pour moi. »

Elle ouvrit grande la bouche.

« Alors j'aurais dû te laisser mourir dans l'incendie ? »

Elle avait été blessée à cause du feu qui avait tué leurs parents ? En sauvant James des flammes ?

James ferma les yeux. « Bien sûr que non. Mais tu en payes un prix si lourd. »

Il caressa sa cicatrice de ses doigts.

« Je t'ai sauvé. Tu es mon frère. Je ne pourrais pas vivre sans toi. Je dirais que cela en valait la peine, » murmura-t-elle.

C'était vrai. Abigail avait bravé l'incendie, et même la mort pour sauver son frère et elle en payait le prix. James l'attira contre elle pour un câlin si sincère et si personnel que c'était difficile à regarder. La culpabilité ressentie devait être intense.

Abigail avait un frère qui l'aimait, peut-être un peu trop. Mais ce n'était jamais une mauvaise chose. J'avais eu une sœur que mon père n'avait pas assez aimée. Et là était toute la différence. L'amour.

Ce n'était pas que Clara ait été différente, pas comme tout le monde. C'était parce que mon père avait été un cruel salopard qui ne pensait qu'à lui.

James la repoussa. « Tu t'es enfermée dans ta propre cicatrice. Tu dois aller de l'avant.

— Et toi aussi, » répliqua-t-elle.

James hocha la tête. « Très bien. Essayons tous les deux. »

Il tourna la tête vers Gabe et moi.

« Quant à tes maris... »

Il n'en dit pas plus. La douleur cuisante de ma mâchoire suffisait.

Le shérif sortit nous rejoindre sur le trottoir. Il remonta son pantalon et essuya la sueur de son front

« Cela vous ennuierait de me dire ce qui se passe ? » demanda James.

J'avais hâte de l'entendre moi aussi.

« On dirait que la mine de Grimsby est épuisée, mais cela ne se devine pas en le regardant. » Le shérif regarda la maison de brique par-dessus son épaule. « En épousant Miss Bennett, il espérait mettre la main sur la fortune de sa famille, assez pour maintenir son train de vie. »

Tous les yeux se tournèrent vers l'amie d'Abigail. Elle rougit et d'après ce qu'avait dit Abigail, elle avait menti à ce sujet. Combien de mensonges y avait-il eu ?

« D'autres gens devaient savoir pour la mine, » dit Gabe.

Le shérif acquiesça. « En effet, mais les seuls au courant de ses déboires financiers étaient la banque.

— Quand Miss Bennett s'avéra en fait... je vous prie de m'excuser, moins que ce qu'il espérait—» Le shérif ôta son chapeau le temps de lui faire un signe de tête. «—il a réfléchi à d'autres sources de financement.

— Du chantage ? hasarda James.

— Et un kidnapping. Il y a plusieurs crimes liés à ces

dames mais il n'ennuiera plus personne avant un long moment. Vous pouvez y aller. »

Un agent de police l'appela à l'intérieur. Il nous fit un signe de tête avant de retourner dans la maison. Il remit son chapeau en s'éloignant.

« Il te faisait chanter et tu ne nous as rien dit ? » J'étais autant stupéfait qu'en colère contre Abigail. « Nous sommes tes maris. »

Miss Bennett ouvrit la bouche en criant, « Tes maris ?

— Je pense qu'il y a un certain nombre de malentendus aujourd'hui, Carr, dit Gabe à James. — Bien que tu sois son frère, nous sommes ses époux et nous allons la ramener à la maison. Si tu veux me frapper avant, vas-y je t'en prie. »

James regarda Abigail, puis nous. « Bien que je rêve de t'enfermer dans ta chambre pendant les deux prochaines semaines, Abigail, ta place est avec tes maris. Vas avec eux.

— Quoi ? bafouilla-t-elle. Tu n'as pas entendu ce que je viens de dire ? Ils ne veulent pas de moi. Ils ne veulent même pas me regarder. »

James nous dévisagea pour juger si nous étions finalement dignes de sa sœur. « Tu dois leur parler. Je ne vous laisserai pas vivre sur des faux semblants. »

J'étais soulagé qu'il respecte notre rôle de maris et nous fasse confiance pour prendre soin d'elle. Il y avait eu des mensonges et du chantage et nous allions en parler. Il y aurait aussi une *punition* pour notre épouse.

« Ramenez ma sœur chez vous. Ensuite, faites en sorte que cela ne se reproduise pas. »

Il parlait de la punir, ce que je serais trop heureux de faire.

« James ! cria Abigail, ébahie, en croisant les bras. Ils ne veulent pas de moi !

— Venez avec elle au ranch la semaine prochaine pour dîner. » Sa manière d'ignorer Abigail qui vociférait indiquait qu'il savait que quoi que ce soit qui se tramait entre nous était de nature soluble et peut-être ancré dans sa perception de sa cicatrice. S'il parvenait à passer outre, peut-être que nous le pouvions aussi.

Gabe acquiesça, serra la main de James. Après s'être avancé pour embrasser Abigail sur le front, James se tourna vers Miss Bennett et lui prit le bras. « M'dame. Venez avec moi et nous parlerons de votre rôle dans toute cette affaire. Ne vous pensez pas tirée d'affaire, ni que vous échapperez aux conséquences de vos actes. »

La femme le regarda avec inquiétude. « Je pense avoir compris les conséquences. »

James secoua la tête. « Pas toutes. »

Il attendit patiemment qu'elle prenne son bras. Bien que son geste paraisse chevaleresque, je n'avais aucun doute qu'il la jetterait par-dessus son épaule si elle refusait. Mais elle saisit le bras tendu et descendit la rue aux côtés de James.

Quand Abigail nous regarda enfin de ses magnifiques yeux sombres, je secouai doucement la tête. « Pas un mot, ma douce. Pas ici. Nous rentrons à la maison, et tu nous raconteras tout une fois allongée sur mes genoux, les fesses à l'air et que ma main aura rougies. »

Elle bafouilla d'indignation pendant tout le trajet.

15

 BIGAIL

Chevaucher sur les genoux de Gabe pendant tout le trajet vers Bridgewater était merveilleux...et horrible. Après la rencontre avec Mr Grimsby, j'avais eu besoin de sentir les bras de Tucker autour de moi, puis ceux de Gabe dans un élan de désespoir. Ensuite, je m'étais souvenu. Souvenu de la conservation qu'ils avaient eue dans l'écurie. J'avais envie d'eux, de retrouver ce qui avait un jour été tellement parfait avec eux. Mais tout n'était qu'un mensonge. Alors j'avançai en silence, sentant chaque dur centimètre du corps de Gabe contre le mien, le cœur en miettes.

« Si tu ne supportes pas de me regarder, pourquoi tu m'as épousée ? » demandai-je à Gabe une fois qu'il m'eut fait descendre de son cheval. Je refusai de rentrer à la maison sans savoir.

J'aurais souhaité que ma voix soit plus forte, que *je* sois plus forte, mais des larmes coulaient.

Gabe mit pied à terre et attacha la longe de son cheval à la rambarde. Tucker s'assit sur les marches menant sur le porche et posa ses coudes sur ses genoux. Il releva son chapeau pour fixer mes yeux embués.

« Qu'est-ce-qui te fait dire ça ? demanda Gabe.

— L'étable... cet homme... il a dit des choses sur moi que vous n'avez pas niées. Vous m'avez menti. » Avec des doigts tremblants, j'essuyai les larmes de mon visage.

« On dirait qu'il y a eu un certain nombre de mensonges aujourd'hui, réplique Tucker. Et si on reprenait tout à zéro ? »

Je donnai un coup de pied dans un nid de poussière dans la pelouse devant la maison. Le soleil était assez bas dans le ciel pour être caché derrière la bâtisse.

« Mr Masters t'a manqué de respect, et je suis désolé que tu aies entendu. Ce que tu n'as manifestement pas entendu, c'est que nous lui avons répondu t'avoir épousée par amour. »

Je glapis en entendant les mots limpides de Tucker et me laissai tomber au sol, mes jambes ne pouvant plus me porter. Ces mots m'avaient littéralement ébranlée. Ma robe recouvrit l'herbe autour de moi.

Amour ?

« Tu n'as pas manifestement pas entendu le son du nez de l'homme quand je lui ai brisé, et tu n'as pas vu Kane et Ian l'expulser de la propriété, » ajouta Gabe.

Elle me regarda les yeux écarquillés.

« N'est-ce-pas ? » demanda Tucker.

Je secouai doucement la tête en le regardant à travers

mes paupières mi-closes. « J'ai entendu les mots de l'homme en question et je suis partie. »

« Nous ne t'avons pas menti, ma douce. Pas une seule fois.

— Quand à t'avoir baisée pour la première fois, Tucker t'a dit pourquoi il t'avait prise comme ça. Parce qu'il voulait que ce soit bon pour toi. »

Je remuai la tête imperceptiblement, en me rappelant que c'est ce qu'il avait fait.

« Je ne me souviens pas de tout, mais à moins que je me trompe, toutes les autres fois où nous t'avons baisée, c'était face à face et nous t'avons regardée jouir, » ajouta Gabe.

Mes larmes se mirent à couler encore plus fort, sachant que je leur avais causé du tort, surtout en l'utilisant comme un argument contre eux auprès de mon frère.

« Je suis désolée, » commença Tucker. « Tellement désolé que tu aies entendu ce que Masters a dit. J'aurais dû lui casser la figure bien avant. »

Gabe fit un son en guise d'approbation.

« Peut-être que tu devrais revenir à l'origine de tes mensonges ? »

Je tressaillis mais je savais que ces mots étaient nécessaires.

Je m'essuyai les joues, reniflai encore et encore, avant de leur raconter toute l'histoire sordide depuis le début. Je parlai de mon amitié avec Tennessee, son intérêt pour Mr Grimsby, sa prétendue fortune. Ensuite de Mr Grimsby et ses menaces, et ainsi de suite. Aucun d'eux ne m'interrompit alors que je racontais, les mots venant facilement. Quand j'eus terminé l'histoire, j'avais enfin expié tous mes mensonges.

« Tu as fait tout cela pour sauver ton amie ? » demanda Gabe.

Je baissai les yeux sur mes mains et les frottai l'une contre l'autre, mais je croisai le regard sombre de Gabe. « Bien sûr. Je ne pouvais pas la laisser dans les griffes de cet homme.

— Non, tu aimes secourir ton prochain, répondit Tucker. Peu importe les conséquences pour toi. »

Il parlait de mon frère maintenant qu'il savait que j'avais sauvé des flammes. Ma cicatrice.

« Il avait une arme, » dis-je, grommelant, et pensant à Mr Grimsby.

Ce n'était pas la meilleure chose à dire. La mâchoire de Tucker se raidit. « Une arme ! Ce n'est pas à toi de sauver ton amie. Encore moins toute seule, ajouta-t-il.

— Pourquoi tu ne nous as rien dit ? s'enquit Gabe.

— Pourquoi ? Je... parce que Mr Grimsby s'en serait pris à vous ?

— Tu ne nous penses pas capables de nous protéger, ma douce ? demanda Tucker.

— Je... je ne voulais pas qu'il vous arrive quoi que ce soit. »

Cette idée me retourna l'estomac.

Il me regarda de ses yeux perçants. Une petite brise soulevait ses cheveux de son front. Il était tellement séduisant, si intensément parfait. « Et pourquoi ça ?

— Parce que... parce que moi aussi je vous aime, je vous ai toujours aimés. »

Tucker se redressa de toute sa hauteur et s'avança vers moi. Je penchai la tête pour le regarder. Il était si grand, si imposant et je me demandai comment j'avais pu remettre en cause leur sincérité. Il me prit dans ses bras et me souleva pour m'embrasser. Mes pieds pendaient dans le vide, mais peu importe. La bouche de Tucker était contre la mienne, chaude et impatiente, aventureuse et.... Oh mon dieu, parfaite.

Enroulant mes bras autour de son cou, je m'accrochai, comme pour ne jamais le lâcher.

Il se retira, avant de me reposer mais il m'attira contre lui pour m'asseoir sur ses genoux.

« Tu veux savoir pourquoi je suis protecteur avec toi, ma douce. »

Je haussai les épaules contre sa chemise. « Vous avez dit que vous m'aimez.

— Ah ça, oui. » Tucker grogna et m'embrassa sur le dessus de ma tête. « Il est temps que je te raconte mon histoire. Celle d'une fille appelée Clara. Ma sœur bien avant que mon père épouse la mère de Gabe. Avant même que je le connaisse. »

A un moment du récit de Tucker, Gabe s'assit à nos côtés, en regardant la prairie, les bâtiments au loin. Bridgewater.

Tucker me fit pleurer encore une fois avant de terminer, la petite fille ne se rendait pas compte que les gens étaient si méchants. Pas étonnant qu'il soit si protecteur.

« Tu vois pourquoi je disais la vérité—

— Nous, frérot, ajouta Gabe.

— Pourquoi *nous* disions la vérité en disant quand nous t'avons dit ne pas voir ta cicatrice ? Nous t'aimons. Et depuis plusieurs années. »

Gabe rit. « Et probablement plus longtemps.

— Alors vous n'êtes pas furieux ? » demandai-je.

Gabe raccrocha une mèche de cheveux à derrière mon oreille. « Furieux ? Contre toi ? »

J'acquiesçai en me mordant la lèvre.

« Furieux que tu te sois mise en danger, répondit-il.

— Déçus que tu n'aies pas assez cru en nous pour savoir que nous n'allions pas tolérer les paroles de Masters, ajouta Tucker.

— Furieux que tu ne nous aies pas dit la vérité.

— Enervés que tu sois partie seule. »

La liste était longue et ils la déroulèrent patiemment.

« Mais nous t'aimons, » répéta Gabe.

Je me détendis et soupirai une dernière fois. D'entendre ces mots de sa bouche, de leur bouche, était comme un baume appliqué sur une blessure profonde. Cela me guérissait d'une manière que je ne n'aurais jamais imaginée.

Tucker se leva facilement tout en me gardant dans ses bras. Il se retourna et gravit les marches menant vers la maison. « Mais cela ne signifie pas que tu ne seras pas punie. »

16

ABE

Tucker porta Abigail en haut des escaliers puis dans sa chambre. Je le suivis à distance de peur de prendre un coup de pied ou de poing tant elle se débattait.

« Laisse-moi descendre ! » cria-t-elle.

— Avec plaisir, » répliqua Tucker en la lâchant sur le lit.

Elle rebondit et se redressa, prête à prendre la fuite, mais nous étions de part et d'autre pour l'en empêcher.

« Je ne veux pas de punition, » répondit-elle, en ôtant ses cheveux de son visage. Elle était belle même quand elle était énervée, mais cela ne nous empêcherait pas de lui donner une leçon.

« Je ne veux pas perdre encore dix ans de ma vie à te voir agiter une arme devant un taré, dis-je.

— Je refuse que tu nous caches quelque chose d'aussi gros, un secret aussi dangereux, » ajouta Tucker.

— Je n'avais pas envie de découvrir que tu t'étais enfuie après avoir entendu quelque chose dont nous aurions facilement pu parler. »

Tucker croisa les bras. « Je ne voulais pas que ton frère apprenne que nous t'avons prise par derrière. »

Les derniers mots de Tucker avaient eu raison de sa résistance. Elle s'enfonça dans le lit, les épaules basses et les joues rouges.

« Ce que tu as fait était dangereux. Plus que dangereux, tu aurais pu être tuée, dit Tucker.

— On parle de s'être enfuie, de chevaucher seule vers Butte ou bien d'avoir affronté un fou ? » demandai-je.

Tucker grogna.

« Je suis désolée. Je comprends maintenant que j'aurais dû vous le dire, répondit-elle faiblement.

— De quoi ? demanda encore Tucker.

— Tout.

— Il n'y a pas que tes maris qui ont eu peur pour toi, » je marquai une pause, attendant qu'elle me regarde. Des larmes embuaient ses yeux. « Les autres aussi se sont inquiétés.

— Tu as menti à Ann, dit Tucker en secouant la tête. Combien de mensonges as-tu racontés Abigail ?

— Beaucoup trop, murmura-t-elle en regardant ses mains qui serraient sa robe.

— Et comment vas-tu être punie ? Tucker lui releva la tête.

— Vous allez me fesser.

— C'est exact, dis-je. Tu sais comment ça marche. »

Tucker recula, attendit. Enfin, elle monta sur le lit. Elle

ouvrit sous nos yeux les boutons de sa robe et la fit glisser le long de ses épaules. Le reste de ses vêtements suivit.

C'était excitant de voir sa peau nue se dévoiler peu à peu, et je bandais déjà. Mais il n'était pas temps de la baiser. Pas encore. Comme Tucker, j'avais besoin de la fesser, de la prendre sur mes genoux et de reprendre le contrôle. Nous l'avions perdue au moment où elle était partie. Merde, nous n'avions eu le contrôle qu'une fois qu'elle nous avait dit toute la vérité.

Je m'installai sur le côté du lit et tendis le bras. Elle hésita à placer sa main dans la mienne et je l'attirai sur mes genoux, l'installant de sorte que sa tête soit proche du sol, ses cheveux une masse hirsute lui cachant le visage. Ses orteils touchaient à peine les lattes de bois et son derrière était dans la plus parfaite position.

« Tu aimes bien quand on te baise, Abigail ? » demandai-je, en caressant sa peau soyeuse de ma main avant de lui donner une première fessée.

Elle se raidit et murmura sa réponse. « Oui.

— Nous te poussons un peu, n'est-ce-pas ? Nous te prenons bien fort et tu aimes ça. » *Bam !* « Pourquoi je fais ça ? » demandai-je.

Elle haleta en ressentant le pouvoir sous ma paume avant de garder le silence. C'était une punition et je ne serais pas clément avec son cul. « Parce que... parce que je sais que vous allez prendre soin de moi. Me faire du bien.

— C'est exact, ma douce, dit Tucker. Et pour ce faire, nous devons tout savoir. Que se passera-t-il si nous faisons quelque chose que tu n'aimes pas et que tu ne nous le dis pas ? »

Bam !

« Alors ce ne sera pas bon. Je pourrais avoir mal.

— Exactement, répondis-je en lui donnant une autre fessée. Nous satisfaisons tous tes besoins. Ton bonheur, ta sécurité. Nous ne pouvons pas remplir notre rôle si nous ne savons pas tout.

— Nous ne pouvons pas remplir notre rôle si tu mens, » ajouta Tucker.

Bam !

« Plus de mensonges, » dis-je.

Elle secoua la tête, ses cheveux ondulant sur le sol. « Plus de mensonges, » répéta-t-elle.

J'avais assez parlé. Je la fessai alors, partout sur ses fesses jusqu'à ce que chaque zone soit teintée de rouge vif. Elle s'était raidie en essayant de s'échapper, utilisant une main pour protéger son derrière, mais je la saisis pour la plaquer dans son dos. Je ne faiblis pas.

Tucker s'accroupit pour se rapprocher de ma tête. « Reste-t-il encore quelque chose entre nous, Abigail ? » demanda-t-il.

Je n'arrêtai pas la fessée pendant qu'il attendait sa réponse.

Finalement, elle cria, « Non. Plus rien.

— Bien, dit Tucker. Alors terminons cette punition pour pouvoir te baiser. Te faire enfin nôtre avec rien qui se dresse entre nous. Pas de mensonges, pas de secrets, pas de chantage. »

Le corps tout entier d'Abigail se relâcha, cédant à la punition. Peut-être que nous avions besoin de le faire, de nous assurer qu'elle ait compris à quel point nous nous étions sentis impuissants, comment cela avait été douloureux et désespérant de n'avoir aucune idée d'où elle se trouvait. Peut-être savait-elle que la fessée était cathartique, purifiante, et qu'une fois terminée, tous ses torts seraient pardonnés, tout cela serait derrière elle.

J'arrêtai enfin et caressai la chair échauffée.

« Encore dix, ma douce, ensuite ce sera fini. » Tucker les lui donna pour qu'elle sache que toute conséquence serait réglée par nous deux.

Quand cela fut fini, quand ses larmes coulèrent sans retenue, je la pris sur mes genoux. Bien qu'elle siffle suite au contact de son derrière contre mes cuisses, elle ne s'en plaignit pas.

« Ecarte les cuisses, » murmurai-je en embrassant ses cheveux.

Elle obéit immédiatement.

Tucker passa ses doigts contre sa chatte et la regarda dans les yeux.

« Elle déborde. »

Je grognai en la serrant et elle resserra les cuisses, emprisonnant la main de Tucker. Quand elle réalisa que c'était le contraire de qu'elle voulait, elle les rouvrit. Tucker sourit, leva ses doigts à sa bouche et les lécha.

« Peut-être que ce n'était pas une punition après-tout. Pas si cela t'a excitée, » dis-je.

Elle secoua la tête, et chassa les mèches de cheveux de son visage couvert de larmes. « Je n'ai pas aimé ça.

— Ton corps indique le contraire. Mais je suis heureux que tu aies envie de nous. Tu sens ma queue ? » demandai-je. Remuant des hanches, je la pressai contre elle. Mon envie ne pouvait être dissimulée.

Elle acquiesça.

« Tu as envie de nos queues ? » demandai-je.

Elle acquiesça encore.

« Toutes les deux ? En même temps ? » demanda Tucker.

Elle le regarda. « Tu veux dire une dans ma chatte et une dans mon... cul ? »

Je faillis jouir dans mon pantalon.

« Oui, grogna Tucker.

— Oui, », murmura-t-elle.

Tucker recula et je me levai pour me retourner et déposer Abigail sur le lit. Pendant que mon frère retirait ses vêtements, j'allai vers la commode pour prendre la petite fiole de lubrifiant. Bien que sa chatte soit copieusement excitée, son cul demandait une lubrification supplémentaire pour prendre nos queues facilement et dans le plus pur plaisir. Bien qu'elle ait découvert qu'elle aimait une pointe de douleur dans ses rapports, ce ne serait pas le cas cette fois.

Tucker grimpa sur le lit et s'allongea sur le dos pour attirer Abigail sur lui.

Il caressa ses cheveux noirs qui se balançaient sur son visage. « Il n'y a plus rien entre nous. Plus de secrets. Dans une petite minute, il n'y aura plus rien non plus entre nos corps. »

Tucker l'embrassa et je l'entendis gémir.

Jetant la fiole sur le lit, je retirai mes propres vêtements et les rejoignit.

« Tu es tout ce qui nous lie, Abigail. Nous ne pouvons être une famille sans toi. Nous avons besoin de toi pour ne faire qu'un. »

Abigail leva la tête quand Tucker approcha ses mains de ses hanches, la levant sur sa queue.

« Chevauche-moi, ma douce. »

Tout en se mordant la lèvre, Abigail remua pour aligner la queue de Tucker sur sa chatte et se laissa descendre doucement, le prenant en un seul geste.

Elle laissa tomber sa tête, ses cheveux se balançant dans son dos. Tout en ouvrant la fiole pour enduire mes doigts du liquide glissant, je les regardai baiser. Quand Tucker se retira le temps d'un baiser, je sus qu'il était temps de les rejoindre. Plaçant mes doigts sur son bouton rosé, j'en enduisis la surface, entourant la chair tendre avant d'y plonger un doigt.

Tucker continua de la baiser de haut en bas dans de petits mouvements tout en l'embrassant, alors que je commençai à baiser son cul étroit de mon doigt.

Elle haleta et gémit de cette intrusion mais sans s'en plaindre. Pour cette raison, j'y ajoutai un second doigt, que je plaçai en ciseau avec le premier pour l'écarter. Ma queue était grosse et je la prendrais bien profond, mais les doigts étaient une bonne préparation et garantiraient qu'elle soit bien glissante.

Quand j'ajoutai un troisième doigt, Abigail cria mon nom.

Je souris. « Tu aimes ça ?

— Oui. Je t'en prie, » supplia-t-elle.

Mon dieu, elle était tellement insolente. Comment avions-nous seulement pu l'imaginer timide ou rétive à cette idée. Elle en avait envie. Non, à en juger par la manière dont elle remuait des hanches, elle en avait besoin.

Elle cria quand je retirai mes doigts. « Non !

— Chut... susurrai-je, plongeant mes doigts dans la fiole pour enduire ma queue généreusement.

— Impatiente, n'est-ce-pas ? » demanda Tucker d'une voix rauque. Ses mains vinrent empoigner ses seins, tirant sur leurs dures extrémités.

« Tucker, » cria-t-elle, en se balançant de manière à remplir ses paumes.

En venant me mettre en place, j'agrippai la base de ma queue que j'alignai dans l'axe de son cul aussi étroit que préparé. Alors que je vins m'y appuyer, elle se raidit, me refusant l'accès.

« Détends-toi, » dis-je en la poussant patiemment. Elle allait s'ouvrir pour moi.

« Peut-être un petit pincement ? demanda Tucker juste avant de tirer sur ses tétons.

— Oh mon dieu, cria-t-elle.

— Elle vient de devenir encore plus mouillée, » commenta Tucker et la pinçant encore.

Elle ne cédait pas alors que j'appuyais toujours contre elle.

« Et que dis-tu de ça ? » demanda Tucker en abattant sa paume sur son cul déjà rougi. Ce n'était pas excessivement fort, mais elle se raidit entre nous. « Putain, elle vient juste d'étrangler ma queue.

— Ce n'est pas ça qui va m'aider à rentrer en elle, répondis-je.

— Humm, dit Tucker. Et que dis-tu de ça ? »

Je sus qu'il touchait son clitoris. Et tout d'un coup, son corps se détendit et je revins m'y appuyer. Doucement, elle s'ouvrit pour moi comme une fleur, s'écartant de plus en plus pour la large tête de ma queue. Je me laissai glisser, la tête de ma queue venait de la remplir.

Elle grogna avant de tourner la tête pour me regarder. Sa peau était couverte d'un voile de sueur et ses joues étaient rouge écarlate.

« Oui. J'y suis.

— Je me sens si remplie, » et elle ferma les yeux alors que je poursuivis ma progression.

Elle était si étroite, je n'avais jamais rien senti de tel. A travers la fine membrane qui nous séparait, je sentais la queue de Tucker entrer et sortir. Trouvant un rythme, je la baisai doucement de plus en plus profond jusqu'à ce qu'elle m'ait pris entièrement. Alors seulement, je me tins tranquille.

« Tu es conquise, Abigail Landry, dis-je en m'embrassant sur l'épaule.

— Tu es à nous, ajouta Tucker. Plus rien entre nous.

— A vous, » murmura-t-elle et je me donnai à ma femme, corps et âme.

17

 BIGAIL

Je me faisais prendre par mes deux maris. Ensemble. En même temps. Ce n'était pas Gabe dans ma bouche et Tucker dans ma chatte. Ils remplissaient ma chatte et mon cul. J'étais tellement remplie que je succombais. Ces hommes m'entouraient, me remplissaient me conquéraient. Il n'y avait plus un centimètre entre nous. Ni entre nos cœurs, ni entre nos corps.

Ils étaient miens. Et j'étais leur.

La sensation de les prendre tous les deux étaient intense. Je me sentais étirée, utilisée, mais les sensations apportées par leurs attentions en valaient la peine. Même la douce brulure d'être aussi ouverte pour eux s'ajoutait au plaisir. Même mon cul rougi s'y ajoutait. A chaque fois que gabe remuait des hanches, il rencontrait la chair tendre. Et quand Tucker empoignait mes seins pour en pincer les tétons, il ne restait aucune partie de mon corps qu'ils ne contrôlaient pas. Qu'ils ne chérissaient pas. Qu'ils n'aimaient pas.

D'une certaine manière, ils savaient exactement ce que je voulais et ils me le donnaient.

Les prendre tous les deux ensemble était exactement comme Gabe l'avait dit. C'était *moi* qui nous reliais tous les trois. Ils me conquéraient, mais c'est moi qui avais le pouvoir.

J'étais au centre de tout. Sans moi, nous n'étions rien.

Je compris—alors qu'ils bougeaient en et hors de moi— que j'avais eu besoin de leurs punitions autant que de leur amour, de leurs attentions, austères ou non, et qu'ils me les donnaient parce qu'ils m'aimaient.

Ils étaient peut-être des brutes d'homme, mais ils avaient le cœur tendre, et je pouvais les blesser plus facilement qu'eux ne le pouvaient.

Je voulais que ce sentiment, que cette envie d'eux dure toujours. C'était mon choix. Je pouvais me retrouver comme en cet instant, entre eux, les reliant en le prenant en même temps, ou je pouvais vivre seule.

Je choisis l'amour. Je choisis le plaisir. Je les choisis eux.

Et alors je remuai des hanches—ce n'est pas comme si j'avais pu faire plus que ça vu que j'étais empalée par deux grosses queues—leur faisant savoir que j'étais prête pour plus. Ils s'étaient retenus, je le savais. Je sentais leur désir canalisé.

« Je vous veux. Tous les deux. Ne vous retenez pas. Montrez-moi ce que c'est que d'être entre vous ! »

Ils s'immobilisèrent un instant, et ensuite ils me prirent. Me baisèrent. Gabe se retirait presque complètement pour que Tucker puisse lancer ses hanches en avant. Et ensuite, ils inversaient, me baisant en tandem.

Je ne pus retenir mon propre plaisir. Ils me le donnaient. Librement et joyeusement. Il était là, juste à ma portée. Et alors, dans un souffle, je lâchai prise et me donnai à eux. Complètement. La vague de plaisir parcourut tout mon corps, me réchauffa, m'envahit. M'inonda.

Je criai mon plaisir, les parois de ma féminité se refermant sur chacun d'eux, comme pour leur montrer à quel point c'était bon, et pour leur faire du bien. Je voulais les garder en moi, aspirer leur semence.

Et cela fonctionna, je sentis Tucker agripper mes hanches et jouir en me remplissant de sa semence chaude.

Gabe suivit rapidement en expulsant chaque goutte de son plaisir au plus profond de mon cul.

« Je suis à vous, murmurai-je contre la poitrine de Tucker, trop lasse pour rester droite. Plus rien entre nous. »

Tucker m'embrassa sur la tête et Gabe sur l'épaule.

« A nous.

— Je vous aime, » répétai-je, sachant que la vérité n'avait jamais été aussi belle de toute ma vie.

OBTENEZ UN LIVRE GRATUIT !

Abonnez-vous à ma liste de diffusion pour être le premier à connaître les nouveautés, les livres gratuits, les promotions et autres informations de l'auteur.

livresromance.com

CONTACTER VANESSA VALE

Vous pouvez contacter Vanessa Vale via son site internet, sa page Facebook, son compte Instagram, et son profil Goodreads via les liens suivants :

Abonnez-vous à ma liste de lecteurs VIP français ici :
livresromance.com
Web :
https://vanessavaleauthor.com
Facebook :
https://www.facebook.com/vanessavaleauthor/
Instagram :
https://instagram.com/vanessa_vale_author
Goodreads :
https://www.goodreads.com/author/show/9835889.Vanessa_Vale

À PROPOS DE L'AUTEUR

Vanessa Vale vit aux États-Unis et elle est l'auteur de plus de 60 best-sellers romantiques et sexy, dont notamment sa populaire série de romans historiques Bridgewater et ses romances contemporaines érotiques mettant en vedette de mauvais garçons qui n'ont pas peur de dévoiler leurs sentiments. Quand elle n'écrit pas, Vanessa savoure la folie que constitue le fait d'élever deux garçons, tout en essayant de chercher à savoir combien de repas elle peut préparer avec une cocotte-minute et donne des cours de karaté. Même si elle n'est pas aussi experte en réseaux sociaux que ses enfants, elle aime interagir avec les lecteurs.

Elle est présente sur Facebook et Instagram.
Rejoignez la liste de diffusion de Vanessa !

www.ingramcontent.com/pod-product-compliance
Lightning Source LLC
LaVergne TN
LVHW011835060526
838200LV00053B/4033